疆域雖大，卻沒有一寸是多餘的！
我們時刻準備着，為保衛祖國的領土而戰！

天鷹戰記

天鷹戰記 ❷

展翅！獠牙戰鬥機

八路 —— 著

責任編輯：心澈／裝幀設計：瀝青／排版：陳美連／印務：劉漢舉

出版/ 中華教育

香港北角英皇道 499 號北角工業大廈 1 樓 B

電話：（852）2137 2338　　傳真：（852）2713 8202

電子郵件：info@chunghwabook.com.hk

網址：http://www.chunghwabook.com.hk

發行/ 香港聯合書刊物流有限公司

香港新界大埔汀麗路 36 號中華商務印刷大廈 3 字樓

電話：（852）2150 2100　　傳真：（852）2407 3062

電子郵件：info@suplogistics.com.hk

印刷/ 美雅印刷製本有限公司

香港觀塘榮業街 6 號 海濱工業大廈 4 樓 A 室

版次/ 2018 年 3 月第 1 版

　　　　2018 年 9 月第 1 版第 2 次印刷

© 2018 中華教育

規格/ 32 開（210mm x 148mm）

ISBN／978-988-8512-34-8

天鷹戰記

2

展翅！獠牙戰鬥機

八路——著

角色介紹

代號
翼龍 楊大龍

選拔自少年特戰隊，曾是全軍聞名的少年狙擊手。他性格沉穩，臨危不亂，理想是成為一名三棲特種兵，戰鬥機飛行員。

代號
白頭翁 歐陽山峰

選拔自海軍陸戰隊的雪豹小隊，因額頭有一縷銀白色的頭髮而得名。他性格張揚，富於謀略。

代號
黃雀 夏小米

選拔自少年軍校的飛龍小隊，聰穎過人，過目不忘，有點小傲氣。

天鷹戰記

選拔自少年軍校的飛龍小隊，是個有點小聰明的人。他的理想是駕駛一架攻擊機，在最前沿的戰線上對步兵作戰進行火力支援。

選拔自少年特戰隊，曾是全軍聞名的情報專家。她是電腦高手，善於破解密碼，理想是成為一名預警機飛行員。

目
錄

第一章

空中大戰

LOADING...

　　戰機如扶搖直上的大鳥，巨大的加速度讓楊大龍感覺胸口仿佛壓着一塊巨大的石頭。飛行頭盔中，他用力瞪大眼睛，深深地吸了一口氣。接近九十度的急速爬升，讓楊大龍駕駛的戰機在空中直立起來，就像在跳空中芭蕾舞。這還不算甚麼，更加令人心驚肉跳的是，這架戰機竟然猛地向後仰頭，瞬間變成機腹朝上的姿態，把天空當成河海，玩起了仰泳。

　　緊接着，戰機的機頭朝下，轉了半個圈，重新回到平飛狀態。坐過山車時才能體驗到的感覺，楊大龍卻在這架先進的戰機裏體會到了。過山車是有軌道的，而戰機卻是在高達五千米的空中進行無軌飛行，做出了令人歎為觀止的「眼鏡

蛇機動」動作。

戰機恢復平飛，楊大龍如釋重負，感覺飄飄然，整個人都輕快起來了。金色的陽光從水滴形的座艙照射進駕駛艙，温暖而舒適，銀色的戰機閃着明亮的光，穿過一朵厚而綿軟的雲。

「前方兩千米發現一架敵機。」楊大龍的耳機裏傳來關悅的聲音。

此時，關悅正駕駛一架預警機在戰鬥機編隊後方負責偵察。預警機的機背上有一個形如蘑菇的大圓盤，其實它是預警機的雷達，而敵機就是這個雷達發現的。讓雷達飛上天，讓探測距離變得更遠，這便是預警機的功能。

聽到關悅的預警通報之後，楊大龍立刻緊張起來。「能確定敵機的性質嗎？」楊大龍問。

「是一架正以兩倍音速飛行的戰鬥機。」關悅回答。

楊大龍的腦海中浮現出敵機飛行的畫面，心想，空戰的勝負由以下幾個因素決定：第一，誰先發現對方。此時，他已經發現敵機，而敵機是否也已發現他則不可知。第二，誰的戰機機動能力強。也就是哪架戰機飛得快，機動性好。第三，誰的機載武器更先進。當然，最主要的是看誰的空對空導彈更厲害。

先下手為強，後下手遭殃。楊大龍與敵機的距離進一步縮小，已不足千米。雷達螢幕上頻繁且清晰地顯示着敵機的

軌迹，楊大龍果斷按下了導彈發射按鈕。

一枚空對空導彈從戰機的機翼下噴射而出。導彈平時就安安靜靜地掛在機翼下，但只要一聲令下，就會變成衝鋒陷陣的戰士，勇猛地衝向敵人的戰機。這枚空對空導彈尾部噴着憤怒的火焰，發出令人心驚的尖厲吼聲，穿過層層雲霧，飛向迎面襲來的敵機。

楊大龍本以為這枚導彈會不辱使命，可結果卻很令人意外。這枚導彈氣勢洶洶，眼看就要擊中飛來的敵機時，那架敵機竟然不躲不藏，也不發射導彈還擊，而是向外噴射出無數的火球。瞬間，敵機的四周閃起耀眼的強光。

那枚導彈剛才還兇神惡煞一般，現在卻像沒頭的蒼蠅那樣亂飛起來。不久，它飛到距離敵機很遠的地方爆炸了。

「敵機果然先進。」楊大龍倒吸了一口涼氣。他知道剛才敵機釋放了誘餌彈，把他發射的導彈欺騙了。

誘餌彈，顧名思義，不是用來攻擊的彈藥，而是專門用來迷惑對方的。誘餌彈的主要成分是金屬鎂，由發射器拋撒到空中，遇到氧氣便會自燃並釋放出炙熱的光。別小看那炙熱的光，它可是強大的紅外源，而空對空導彈很多就是紅外制導的，也就是追着熱量飛。所以，誘餌彈散發出的強熱便把導彈欺騙了。導彈雖然是智慧型武器，但是還沒有智慧到可以分辨「熱源」的真假，所以只好追着最熱的物體飛，然後自暴自棄地粉身碎骨了。

敵機沒有被擊毀，楊大龍慌了，因為他知道敵機將會發起反擊，而且此時兩架戰機已經愈來愈近，一旦敵機開火，他將很難有機會逃脫。果然如楊大龍所料，他還沒有來得及駕駛戰機爬升，一枚導彈便迎頭飛來。

「大龍，小心！」耳機裏傳來夏小米的喊聲。此時，夏小米正駕駛着另一架戰機位於楊大龍的右後方。她看到導彈向楊大龍的戰機飛去，不由得驚聲尖叫起來。

楊大龍聽到夏小米的提醒，卻顧不上回覆了。他趕緊猛地一拉操縱桿，讓戰機再一次做出「眼鏡蛇機動」動作。戰機立即仰頭，一飛衝天。

這個動作之所以叫「眼鏡蛇機動」動作，是因為眼鏡蛇在發起攻擊前會高高地抬起上體，呈直立姿態，這與戰機的急速爬升動作相仿。不是所有的戰鬥機都能做出「眼鏡蛇機動」，只有最先進的戰機才能有此絕技。這招是甩開導彈和敵機的撒手鐧，也是反敗為勝的祕訣。

有驚無險，敵人發射的導彈緊貼着楊大龍駕駛的戰機飛過，差一點就擦到了機尾。楊大龍已經被驚出了一身冷汗，心想剛才自己差點就要啟動彈射座椅了。戰機一旦被擊中，啟動彈射座椅是唯一的逃生方法。

可是，楊大龍高興得太早了。敵機發射的導彈雖然沒有擊中他的戰機，但此時敵機已經飛到了他的對面，這是更要命的事情。

嗒嗒嗒 ——

隨着密集的響聲，敵機發射出無數枚炮彈。這些炮彈雖然沒有地面上的火炮發射的炮彈那麼大，但是它們像鋪天蓋地的蝗蟲般飛向楊大龍的戰機。

楊大龍突然感覺到戰機向一側翻滾起來。隨着戰機的翻滾，他的身體也在做螺旋式下墜運動。沒錯，他的戰機被擊中了，正在旋轉着向地面栽去。

航炮的炮彈擊中了戰機的一側機翼，令其從中間折斷，所以任憑楊大龍使出渾身解數，也無法將戰機控制到平衡狀態，更無法阻止其墜落。

看到楊大龍的戰機被擊中，夏小米怒吼一聲，駕駛着戰機衝了過來，與那架敵機廝殺在一起。兩架戰機在空中飛舞，向對方發射着炮彈。在交戰中，他們的戰機各有損傷。其中夏小米駕駛的戰機發動機被擊中，冒出滾滾濃煙。但是，她的戰機卻依然可以高速飛行，原來，這是一架「雙發」戰機，也就是配備了兩台發動機。所以，在一台發動機停止工作的情況下，憑藉另一台發動機同樣可以正常飛行。

此時，楊大龍駕駛的戰機已經無法控制，眼看就要摔到地面了。如果那樣的話，戰機就會被摔成一堆廢鐵，而他也會在烈火中化為灰燼。

國防小講堂

空對空導彈

在空戰中，雙方戰機發射空對空導彈進行攻擊。最終，
楊大龍駕駛的戰機被擊中機翼，向地面墜落。說到空對
空導彈，它可是戰鬥機的主要機載武器，專門用於空中
戰鬥。

既然叫「空對空導彈」，很明顯它只能是從空中平台發
射，並用來攻擊空中的目標。否則，就不是空對空導
彈，而是空對地導彈、地對地導彈、地對空導彈等諸如
此類的導彈了。

空對空導彈在空中的飛行速度快，靈活機動，靠近空中
目標後便會自行引爆，靠分散的彈片來擊落戰機，而不
是非要一頭撞在敵機上才能完成使命。

第 二 章
對抗訓練

LOADING...

　　楊大龍駕駛的戰機呈螺旋狀向地面摔去，一開始他還在
竭力控制戰機，試圖使其停止墜落，甚至是能夠恢復到平飛
狀態，然後再選擇一塊空地進行迫降。但是，一番努力之
後，楊大龍妥協了，他已經無力回天，唯一能做的就是啟動
應急逃生系統，留下自己這條命。

　　身為一名戰鬥機飛行員，楊大龍經歷過嚴格的抗暈眩訓
練，但是高速的旋轉下墜還是讓他頭昏腦脹，難以控制自己
的雙手。好不容易，他摸到了彈射拉環，便毫不猶豫地拉了
下去。

　　駕駛艙蓋向上彈起，打開，緊接着楊大龍就像一枚出膛
的炮彈，被一股強大的力量彈出了駕駛艙。飛行員連同彈射

座椅在火箭助推器的作用下被發射出去，這是戰機墜機時，飛行員唯一的逃生方式。

緊接着，應該發生的事情是降落傘自動彈開，飛行員在降落傘的控制下緩緩落地。可是，接下來卻沒有按照這個標準化的流程進行。楊大龍的身體在經歷一段向上加速後，開始在重力的作用下出現瞬間的靜止，接着，他的身體嗖地向地面墜下去。

「啊——」

這是一聲驚恐的尖叫。楊大龍緊緊地閉着眼睛，知道自己將在不久後，或者說是眨眼間死於非命。他甚至感覺到了身體狠狠地摔在了地面上，全身的肌肉在這一瞬間劇烈地抽動起來，但卻沒有絲毫的疼痛感。

「楊大龍，楊大龍！」耳邊響起關悅的喊聲。

楊大龍驚魂未定，摘掉飛行頭盔，重見光明。此時，雄鷹小隊的其他人正站在他的面前，而他則坐在一架戰機形的模擬訓練器裏。

「我沒死啊！」楊大龍的心臟還在用力地敲打着他的胸腔，面色如土。

歐陽山峰一副勝利者的姿態，俯視着楊大龍。「還是我厲害吧！你的戰機就是被我擊中的。」

楊大龍起身從模擬訓練器中走出來，儘量讓自己鎮靜下來。「我的空中戰術有誤，看來要好好總結教訓，爭取下次

能戰勝你。」

「這個世界上能戰勝我的人還沒出生呢！」歐陽山峰如果有尾巴，此時肯定會翹到天上去了。

原來，剛才的戰鬥並非真刀真槍的實戰，而是一次利用最先進的 VR 技術進行的模擬訓練。訓練時，雄鷹小隊的隊員各自進入一架模擬戰機中。這種用來訓練的戰機無論是外形還是內部的佈局都和真實的戰機完全相同，唯一的區別就是它不能飛起來。

確切地說，它也能「飛」起來，只不過需要戴上一個神奇的飛行頭盔。這是一種最新研製的 VR 頭盔，戴上它以後，飛行員就會如同身臨其境，置身於藍天之中。

雄鷹小隊分為兩組，進行紅藍模擬對抗。他們戴上神奇的頭盔，操作類比飛機上的按鈕，就會產生空中飛行的真實體驗。導彈的發射按鈕被按下後，導彈就會飛出，而且能夠清晰地顯示是否已經擊中敵機。

當自己駕駛的戰機被擊中後，就會感覺到戰機在空中墜落，還能體會到失重感，甚至是疼痛感，簡直和真實的空戰沒有任何區別。

在剛剛結束的對抗訓練中，以楊大龍為首的紅方被以歐陽山峰為首的藍方打敗。這一切都被雄鷹小隊的新教官任飛行看在眼裏。

任飛行是空軍第一飛行大隊的一名特級飛行員，中校軍

銜，專門被借調到飛行學院訓練雄鷹小隊，可見空軍首長對雄鷹小隊的訓練十分重視。

「如果剛才是實戰，楊大龍已經犧牲了。」任飛行教官看着楊大龍，「我知道你曾經是一名狙擊手。狙擊手要足夠沉穩，不到關鍵時刻不會輕易開槍，你身上依舊帶着狙擊手的影子，所以在戰機即將墜落的瞬間還是不肯跳傘逃生。這使得你沒有足夠的距離彈開降落傘，也就造成了最後的機毀人亡。」

「楊大龍，在空戰中用不到狙擊槍，你也該換換腦子了。」歐陽山峰得意地說。

楊大龍並未反駁，而是認同地點點頭。「任教官，您說得對。我就是不想放棄最後的機會，總想力挽狂瀾，但結果卻事與願違。」

「你能認識到自己的錯誤就還有救。」說話的還是歐陽山峰，「你把導彈當子彈，把戰機當狙擊槍，這是極大的錯誤。」

「喂，歐陽瘋子，你少得意。」關悅看不下去了，「你只不過是僥倖勝了一次而已，我們下一場對抗訓練見分曉。」

「春風吹，戰鼓擂，訓練場上誰怕誰！」帥克插嘴說，「我們藍方會永遠立於不敗之地。」

「一丘之貉。」

「狼狽為奸。」

關悅和夏小米紛紛對歐陽山峰和帥克發出鄙夷的聲音。

「我終於知道紅方為甚麼會戰敗了。」帥克無奈地搖着頭，「一個呆頭小子帶着兩個丫頭，能贏嗎？」說完，他和歐陽山峰都狂妄地大笑起來。

關悅和夏小米被氣得腦袋上直冒火，要不是任教官在場，她倆非好好教訓一下這兩個不知天高地厚的小子不可。

任教官看了看手錶，說：「今天的對抗訓練到此結束。這也是你們的最後一次模擬訓練課，明天你們將進入教練機，跟隨教官一飛衝天。」

「哇！就要飛上藍天了。」少年們歡呼着，把任飛行圍在中間。

任飛行與雄鷹小隊上一任教官秦天不同。如果說秦天是地獄中的魔鬼，而任飛行則是人間的天使。他很少發脾氣，也很少體罰隊員。他會耐心地講解，不厭其煩地重複戰機駕駛的每一個細節，與少年們一起研究空中對抗的戰術。

當然，秦天要磨練的是雄鷹小隊的意志，而任飛行則負責將他們帶上藍天。在空中，不能有一絲急躁，也不能有半點馬虎，還需要相互協同的空中戰術，所以任飛行要足夠耐心和細心，這樣才能培養出真正的空中雄鷹。

可是，儘管任飛行已經足夠耐心和細心，但是第二天的空中飛行訓練還是出現了他意想不到的問題。或者說，是一次生死考驗。

國防小講堂

模擬訓練

雄鷹小隊的少年們在飛行學院的模擬訓練室展開了一場對抗訓練，這是一場利用 VR 技術（即虛擬實境技術）展開的模擬訓練。如今，模擬訓練已經被廣泛應用到軍事訓練中。比如利用 VR 技術，可以訓練士兵在近乎實戰的環境中駕駛坦克、飛機，發射炮彈、導彈，戰火就在身邊燃燒，轟炸聲就在耳邊響起，流血和死亡的情景十分逼真，令人震撼。

這樣的模擬訓練不僅能夠訓練士兵的戰鬥技能，還能訓練士兵的心理素質。當然，模擬訓練還可以節約大量的軍費，比如可以省去很多子彈、炮彈、燃油。

第三章

飛上藍天

LOADING...

　　天空碧藍如洗，雄鷹小隊的少年們好久沒有看到這樣的好天氣了。昨天晚上，他們還在擔心能見度不足百米的霧霾天會讓教官取消今天的飛行訓練。可是，半夜刮來的西北風在天亮之前便把霧霾吹得無影無蹤了。

　　飛行學院的機場旁，雄鷹小隊已經整齊列隊。任飛行站在隊伍前，正在做起飛前的動員：「你們已經在模擬訓練器上進行了所有戰機操作的訓練，今天就要駕駛真正的戰機一飛衝天了。我再強調兩個重要問題：第一，所有人都要服從教練員的指揮，不能擅自操作；第二，遇到緊急情況，不要慌亂，牢記操作流程，沉穩處理。大家聽清楚沒有？」

　　「聽清楚了！」少年們齊聲回答。

機場的跑道上依次停着五架教練機，每架教練機裏都有一名教練員。按照事先的安排，少年們分頭跑向自己的飛機。

夏小米停在第二架飛機旁，大聲喊：「報告教官，雄鷹小隊隊員夏小米前來報到。」

教練機上一位身穿藍色飛行服的教練員朝夏小米一揮手，喊道：「小姑娘，上來吧！」

這個稱呼讓夏小米有些意外，因為部隊的上級很少這麼親切地稱呼下屬。更加令夏小米驚喜的是，這位教練員竟然是一位女軍官，看上去就像一位大姐姐那樣親切。本來很緊張的夏小米瞬間放鬆下來，笑着答道：「是！」

然後，夏小米爬上教練機的駕駛艙，坐在教官旁邊。既然是教練機，和真正的戰機還是有些區別的，當然最大的區別就在於它有兩套互相關聯的作業系統和指示儀錶。也就是說，教練員和學員都能操作這架飛機。

有些教練機有前後兩個座艙，教練員和學員分開坐。這架教練機不同，它是在一個座艙裏有並排的兩個座位，所以，夏小米是坐在教官旁邊的。

「教官，您怎麼稱呼啊？」夏小米問。

女軍官微笑着說：「我姓刁，你叫我刁教官就行。」

「刁教官好！」夏小米一邊禮貌地問候，一邊按照以前訓練的流程做好飛行前的準備。不過，她在心裏也默默地

想，教官的姓氏好生僻，關鍵是「刁」字和「掉」字是諧音字，也太不吉利了。跟着這位「掉教官」飛上藍天，夏小米還真有點猶豫。

夏小米正在胡思亂想的時候，最前面的教練機已經開始在跑道上滑行了。最前面的教練員是任飛行，有幸得到他親自指點的是楊大龍。說實話，其他人都想跟任教官在一架飛機裏，可是任教官選中的偏偏是楊大龍，這難免讓人有些嫉妒。

教練機在跑道上開始緩慢滑行，雖然已經在模擬器上訓練過無數次，但當坐進真正的飛機後，楊大龍還是難免有些緊張。操作程式已經熟記於心，楊大龍有條不紊地進行着操作。

「加大油門，不要猶豫。」坐在旁邊的任飛行指導着楊大龍。

楊大龍將油門增大，飛機滑行的速度瞬間提升，機頭開始慢慢地上揚。楊大龍感覺到一股力量莫名其妙地壓在自己的身上，也就在此時，飛機的起落架離開了跑道。

「飛起來了，飛起來了！」後面的一架教練機裏，關悅興奮地喊。

「別激動，一會兒我們的飛機也會飛起來的。」坐在關悅旁邊的教練員說，「你要多觀察前面的飛機是如何起飛的，找出其中的不足。比如第一架飛機在加速階段，飛行員

的處理拖泥帶水，致使飛機起飛之前滑行的距離過長。」

關悅記住了教練員的話，開始觀察前面的飛機在起飛中有哪些不足。第二架起飛的教練機由夏小米駕駛。別看她是女兵，但操作戰機乾淨俐落，一氣呵成，使戰機完成了一個漂亮的起飛動作。

「太完美了！」關悅讚歎道。

「別感慨了，該我們起飛了。」關悅的教練員說。

關悅全神貫注地觀察着前面的飛機，卻忘記已經輪到自己了。此時她聽到教練員的話，趕緊按下啟動按鈕。教練機抖動起來，令關悅緊張得深吸了一口氣。

「前進！」教練員命令道。

關悅立即執行命令，飛機向前滑行，因為吸取了前面兩架飛機起飛時的教訓，她駕駛的飛機以最短的滑行距離騰空而起。

「收起起落架。」教練員命令道。

本來這些程序關悅早已熟記於心，但是到實際操作的時候還是有些茫然。聽到教練員的命令後，關悅按下起落架的收起按鈕。如果從地面看，可以看到位於機腹下的起落架向後收起。之後，關悅開始操縱飛機爬升。她一直屏住呼吸，不知不覺間，手心已經濕漉漉的了。

「放鬆，再這樣下去你會缺氧的。」教練員歪頭看着關悅，飛行頭盔內是她的笑臉。

「是！」關悅如同執行命令那樣，機械地深吸了一口氣，然後又用力呼出去。

飛機已經爬升到兩千米的飛行高度。沒等教練員吩咐，關悅便使飛機改為平飛模式，進入巡航狀態。此時，她才真正地鬆了一口氣，不由得嘴角微微上揚。那是自豪的微笑，為自己駕駛戰機飛上藍天而自豪。

「雨燕，我是翼龍，收到請回答。」關悅剛剛放鬆下來，耳機裏突然傳來楊大龍的聲音。

從獵人學校結業後，雄鷹小隊的每名隊員都獲得了獨一無二的代號，這個代號將一直伴隨着他們的軍旅生涯。在執行任務時，他們會以代號呼叫對方。

「我是雨燕，請講！」關悅立即回覆。

「前方發現鳥群，你要多加小心。」楊大龍的聲音有些緊張。

鳥的個頭雖然不大，但在與戰機相向飛行中相對速度大，一旦撞落到座艙蓋上，不僅會污染視窗，使飛行員的視野受限，還可能被捲入發動機，有導致發動機停止工作的危險。

聽到楊大龍的預警，關悅警惕起來。不僅是她，就連教練員也一副嚴陣以待的樣子。

「啊 ——」

還沒看到鳥群，關悅的耳機裏又傳來另一個人驚恐的叫

聲。這個人是誰呢？對，應該是夏小米，因為除了關悅，就只有夏小米是女生了。

夏小米的叫聲令人有一種不祥的預感。關悅急迫地問：「黃雀，你出甚麼事了？」

夏小米並未應答。關悅更揪心了，以至於分散了注意力，自己駕駛的戰機傾斜起來。

「不要分心。」教練員朝關悅大喊。然後，他也發出詢問：「刁教官，你們的飛行是否正常？」

刁教官就是夏小米的教練員，而她也未做出應答。於是，關悅和她的教練員都緊張起來，甚至產生了不好的聯想。

國防小講堂

教練機

雄鷹小隊的少年們駕駛教練機第一次飛上藍天，激動的心情難以平復。教練機是專門用來訓練飛行員的，就像學開車時的教練車一樣。教練機有兩套作業系統，一旦學員操作失誤，教練員便可以通過自己的作業系統進行修正，以免發生危險。

在和平時期，教練機常常是空軍單一機型裏數量最多的。教練機不要求性能多麼先進，只要求價格低，耐用，出勤率高，特別是能「容忍」一些「暴力操作」，這是初學者常會出現的情況。比較著名的教練機包括：中國的 L-15 教練機、德國的 MAKO 教練機、美國的 T-6 教練機。

第四章

空中遇險

LOADING...

　　夏小米突然發出驚恐的叫聲，而其他人通過機載對講系統聽到了她的聲音。當其他人紛紛詢問時，夏小米卻沒有任何應答了。不僅是夏小米，就連她的教練員刁教官也沒有做出任何回應。

　　「夏小米駕駛的教練機一定出事了。」關悅、楊大龍、歐陽山峰、帥克雖然不在同一架飛機上，但幾乎同時說出了這句話。他們都知道飛行員是一個高風險的職業，但還未做好遭遇風險的準備。

　　教官們也在擔心，但唯獨一個人看起來並不焦慮，那就是任飛行。

　　「任教官，夏小米會不會出事了？」一向沉穩的楊大龍

也坐不住了。

「全神貫注，把你的飛機開好。」任飛行沒有回答楊大龍的問題，而是繼續命令，「立即爬升一千米，以最快的速度。」

楊大龍儘量穩定自己的情緒，集中精力按照任飛行的命令加大油門，並操縱飛機向上抬頭。強大的升力隨即迫使飛機快速爬升，與此同時，楊大龍體會到了明顯的超載。

「啊 ——」

在飛機爬升的過程中，夏小米的驚叫聲再次傳來，令楊大龍為之一顫，油門跟着發生了變化，飛機也跟着顫動起來。

「你想死嗎？」任飛行吼道，「集中精力！」

「是！」楊大龍再次穩定自己的情緒，使飛機繼續爬升。但是，他的心裏已經亂了，夏小米的尖叫聲不停地出現在他的耳朵裏，還有令人不敢想像的畫面在腦海中重複閃現……

夏小米到底怎麼樣了呢？

此時，她正在和教練機一起墜落。她感覺自己像棉花一樣輕，要不是被安全帶死死地勒着，肯定會像雲朵那樣飄在空中。

驚恐萬分的夏小米眼前一片模糊，胡亂地按着面前的按鈕。失靈，都失靈了，她快要瘋了，誰會想到第一次飛上藍天就遇到這樣的倒楣事呢！

本來，夏小米信心滿滿，按照平時訓練的程式和刁教官的命令，按部就班地操作着飛機。她還接到了楊大龍發來的預警，並靈活地躲開了那群討厭的鳥。刁教官還表揚她聰明機敏，駕駛技術熟練，並命令她使教練機爬升到三千米的高度，然後轉為平飛。

一切都很順利，夏小米甚至得意起來，歡快地跟刁教官說：「看來駕駛真的飛機也沒甚麼難度啊，簡直比開車還容易。汽車在公路上行駛，要面對那麼多車，搞不好就會追尾、頂撞。天空則不同，它是那麼的寬廣，任我飛行。」說到這裏，她似乎明白任教官為甚麼叫任飛行了。

「你覺得駕駛戰機很簡單嗎？」不管說甚麼話，刁教官的語氣總是很溫和。

夏小米依舊歡快地說：「是啊，天高任我飛。」

「那如果穿梭在呼嘯而來的敵機和導彈中呢？如果設備出現故障與地面的指揮失去聯繫呢？如果 ——」

剛剛說到這裏，夏小米突然感覺教練機猛地向下一沉，就像石頭落入水中那樣不可阻擋。她不由得發出一聲尖叫，這便是其他飛機裏的人聽到的第一聲叫喊。

「刁教官，飛機好像失控了。」夏小米驚慌地喊。

刁教官把沒說完的話咽進肚子裏，趕緊查看面前的儀錶盤。她面前的儀錶盤和夏小米面前的儀錶盤一模一樣，這便是教練機與普通飛機的區別之一。從儀錶盤的顯示，刁教官

得出了結論，與此同時被嚇出一身冷汗。

「發動機停車了。」她緊張地說。

「停……停車？」夏小米結結巴巴，「這又不是汽車，怎麼會停車？」

刁教官一臉苦笑：「你的理論課是怎麼學的？發動機停車是一個專業術語，也就是指發動機突然停止工作。」

夏小米當然學過這個術語，只不過此時她的腦子裏已成了一片漿糊，甚麼也想不起來了。當然，任教官也給他們講過飛機的發動機停車後，該如何進行處置。

夏小米儘量讓自己的思路清晰起來，回憶着教官的講述。她記得教官說有些戰機是「雙發」戰機，也就是有兩台發動機，有些大型轟炸機和運輸機甚至有四台發動機，所以當一台發動機停車時，其他發動機也能使戰機正常飛行。可是，這架教練機只有一台發動機啊！也就是說，現在她和她的教練員都無計可施了。

教練機還在快速下降，但是並沒有像獵鷹捕食地面的野兔那樣一頭衝向地面，而是憑藉着寬大的機翼滯空飛行並不斷下沉。

夏小米驚魂未定：「刁教官，我該怎麼辦？按了好多按鈕，好像都不行。」

刁教官竟然也有些慌張：「不要問我，我也亂作一團呢！」說着，她在前面的操作台上進行了一陣忙亂的操作。

我到底遇到的是甚麼教官啊？夏小米想，我早就感覺到刁教官的姓氏不吉利，果然應驗了，她就是名副其實的「掉教官」啊！不僅她的飛機會掉，關鍵時刻她還掉鏈子。我要靠自己，不能指望「掉教官」了。夏小米一遍遍暗示自己。

當夏小米冷靜下來後，任教官的話開始浮現在她的腦海中：如果發動機在高空熄火，千萬不要驚慌，首先應該重新啟動發動機，同時向地面指揮機構發出信號。其次，要儘量控制飛機，使其以正常的姿態飛行，使其在空中滑翔，並尋找可以迫降的場地。最後，一旦發動機重啟失敗，就要緊急迫降。如果沒有迫降場地，那麼就要啟動彈射座椅，棄機逃生。

「對，先要重啟發動機。」夏小米自言自語，並再次啟動發動機。結果，啟動失敗。飛機繼續向下墜落，但夏小米卻竭力控制它的飛行姿態，令其在空中滑翔。

「尋找迫降場地。」夏小米又在自言自語，開始觀察地面。當看到地面的地形後，她簡直絕望了：地面是綿延起伏的群山，連一塊足夠大的平地都找不到。即使有平坦的地方，要麼被樹叢覆蓋，要麼是蜿蜒的河流，或者就是一片一片的村莊。

俗話說：天無絕人之路。可是，此時此刻，夏小米卻已經被逼上了絕路。

國防小講堂

軍用機場

夏小米駕駛的教練機突然出現故障，她想找一個可以迫降的場地，但卻沒有找到。大家知道，大多數的飛機起降都離不開機場的，所以，每個國家都會修建大量的軍用機場，以便在戰爭時期為軍用飛機的起降提供場地。

所有的飛機都是有航程限制的，特別是戰鬥機，為了提高靈活性，往往不會裝備大容量的油箱，這就使它難以長途作戰，這也是一些國家在海島上修建機場，或在其他國家建立基地的原因。

隨着航空母艦的裝備、空中加油機的列裝以及垂直起降技術的發展，戰機對機場的依賴性有所減小。但是，佈局合理的軍用機場仍然是一個國家國防建設的重點。

第五章

險象環生

LOADING...

地面沒有可以迫降的場地，教練機的發動機又無法重啟，夏小米已經被逼上了絕路。確切地說，她還有最後一條路可以走，那就是啟動彈射座椅，跳傘逃生。

「刁教官，我們要不要跳傘逃生？」夏小米驚恐地問。

飛機距離地面愈來愈近，刁教官反而沒有以前慌張了。「還沒有到最後時刻，不能跳傘。」

我的天哪！還要等到最後時刻，可甚麼時候才是最後時刻呢？難道是飛機砸到地面的一瞬間嗎？夏小米快要崩潰了。

飛機繼續下落，甚至難以維持滑翔的狀態了。一旦飛機失去平衡，就會在空中翻滾，之後就像一枚炸彈那樣落到地

上，然後轟的一聲發生爆炸，燒成灰燼。那畫面太恐怖，夏小米簡直不敢想，卻又控制不住地想。

「再次重啟發動機。」刁教官鎮靜地說。

再次啟動又能怎麼樣？我已經啟動過好幾次了，根本沒有用。夏小米雖然這樣想，但還是執行了刁教官的命令，又一次嘗試着啟動發動機。

嘟嘟嘟 ——

發動機竟然奇迹般地煥發了新生，飛機也跟着微微地抖動起來。飛機有了動力，隨即停止下落，飛行也變得平穩了。

「馬上爬升，提高飛行高度。」刁教官又命令道。她的語氣是那樣平和，仿佛剛才並沒有發生命懸一線的恐怖事件一樣。

夏小米立即執行命令，以最大的動力使戰機爬升。

「啊 ——」

戰機急速爬升，夏小米興奮得發出尖叫聲，這便是其他人聽到的第二聲尖叫。這是劫後餘生的尖叫，但其中也包含着還未散去的恐懼。

夏小米的飛機終於恢復到正常的高度，並重新以巡航速度飛行。此時不絕於耳的呼叫聲響起。「夏小米，蝦米，大米 ——」

「別亂叫了，我沒事！」夏小米歡快地說。

「沒事你亂叫甚麼，把我們嚇死了。」夏小米的耳機裏傳來眾人的譴責聲。

「小孩沒娘 —— 說來話長。」夏小米長吁了一口氣，「等回到地面再跟你們詳說。」

聽到夏小米沒事，其他人也就放心了。尤其是帥克，他可是和夏小米一起從少年軍校的飛龍小隊選拔來的，有着深厚的戰友情。「真是一隻臭蝦米，總讓人擔驚受怕。」帥克自言自語。

「專心駕駛，不然下一個出事的就是你。」帥克的教練員在一旁叮囑道。

帥克吐了吐舌頭，心想：難道我是被嚇大的嗎？

第一次飛行訓練在中午時結束。飛機開始降低高度，起落架展開，最終依次降落在飛行學院的機場。飛機停穩之後，歐陽山峰迫不及待地爬下來，把飛行頭盔摘掉拎在手裏，英姿颯爽。

> 戰鷹飛翔，披上太陽的金光
>
> 巡邏藍天，放眼祖國的河山
>
> 天蒼蒼，野茫茫
>
> 海藍藍，山疊嶂
>
> ⋯⋯

歐陽山峰興奮地唱起雄鷹小隊的隊歌 ——《戰鷹之歌》。少年們聚集到一起，邁着整齊的步伐齊聲高唱：

一飛衝天，呼嘯如雷電
戰機翻滾，任我放聲笑
空中過招
利劍出鞘
定讓敵人無處逃
……

「小馬初行嫌路窄，雛鷹展翅恨天低。」看着這些忘乎所以的少年，刁教官自言自語。

任飛行湊到刁教官跟前，壓低聲音問：「說實話，剛才的空中事故是不是你一手導演的？」

刁教官瞪着任飛行，連連搖頭：「你可別亂說話，哪裏有自己給自己製造事故的？」

「你就別跟我裝了。」任飛行更近一步，「誰不知道你是飛行學院出了名的笑面虎？放心，我不會跟別人說的。」

刁教官這才左顧右盼，放低聲音說：「這些傢伙還沒被你調教好，我只是幫一下忙而已。」

「如此說來，我還要謝謝你了？」任飛行一臉無奈，「你是不是太狠了點？說實話，當時我都嚇懵了。」

刁教官一臉壞笑：「我是出公差給你幫忙的，不嚇唬嚇唬你，豈不是白來一趟？」

兩個人一邊說一邊往營房的方向走。後面傳來雄鷹小隊的歌聲：「飛飛飛，戰戰戰，我是人民的空軍，我驕傲！」

「初生牛犢，年少有志，只可惜眼高手低，要走的路還很長啊！」刁教官拎着頭盔，旁若無人地說。

任飛行知道這句話是刁教官有意說給他聽的。他想，刁教官說得沒錯，這些少年有大志向，但有些驕傲自滿，這是他們成長之路上的大忌。

《戰鷹之歌》在雄壯的尾聲後停止了。帥克這才想起問夏小米：「蝦米，在空中的時候到底發生甚麼了？」

一提到這事，夏小米就心驚肉跳。「我的飛機突然發生了停車事故，也就是說發動機在高空中熄火了。」

「飛機還真的會在空中熄火啊？我以為任教官是在騙我們呢！」帥克回想着任教官在飛行課上講的話。

「後來呢？」關悅追問。

「後來⋯⋯後來我差點就和飛機一起摔得粉身碎骨了。但是，憑藉我堅持不懈的努力和精湛的飛行技術，終於使發動機成功重啟，在即將墜毀的一瞬間將飛機重新拉回到了高空。」夏小米一副自豪的表情，「不過，也挺奇怪的，我嘗試了好多次，發動機也沒能重新啟動，可就在刁教官命令我進行最後的嘗試時，它卻奇迹般地發動起來。」

「莫非刁教官會魔法？」帥克笑着說。

歐陽山峰拍了帥克的腦袋一下：「你以為刁教官是哈利・波特啊，她要是會魔法，還用得着開飛機嗎？直接騎個掃把不就飛起來了嗎？」

「說的也是。」帥克看着刁教官的背影，「她看上去就像一位親切的大姐姐，應該不會是故意的。」

「故意的？」

帥克隨口一說，卻讓楊大龍開了竅。雖然，他一直沒有說話，但卻始終在分析着今天的首次飛行。刁教官會是故意的嗎？如果是的話，以後可要小心這位笑面虎了。

走在前面的任教官和刁教官故意加快腳步，他們正在竊竊私語，商量調教雄鷹小隊的好辦法。

國防小講堂

少年航校

雄鷹小隊在飛行學院接受培訓，在這裏，他們將成長為真正的戰機飛行員。目前，我國的軍事飛行員均是由解放軍飛行學院培養的，他們選拔自全軍部隊和應屆高中畢業生。

如今，空軍和海軍航空兵部隊還建立了少年航校，從中學生中挑選飛行苗子進行培養。少年航校也被稱為空軍飛行學院的少年班，對年齡、身高的要求十分嚴格。招生對象為普通中學應屆初三畢業生，年齡 14-16 歲，身高一般在 163-180 厘米之間，體重 48 公斤以上，雙眼裸眼視力在 1.0 以上，等等。選拔的過程包括政治考核、體格檢查以及心理測試。

第六章

奇怪的命令

LOADING...

飛行員的伙食在全軍部隊所有的兵種裏應該是最好的，這一點歐陽山峰深有體會。有一天飛行訓練歸來，午飯時間，雄鷹小隊圍坐在食堂的一張餐桌旁，各自的餐盤裏是精心挑選的營養配餐。

「自從到了飛行學院，我才知道以前在海軍陸戰隊吃得太差了。」歐陽山峰一邊吃，一邊感慨地說。

帥克不停地搖頭：「如果海軍陸戰隊的伙食差，那我們陸軍的伙食豈不是更差？」

「你們兩個吃貨，能不能不用伙食的標準來衡量兵種之間的區別啊？」夏小米看着餐盤裏的豐盛午餐，真的不想都吃下去，因為她擔心會變胖。可是，教官有要求，每個人必

須吃完營養師規定的配餐。

　　關悅不管那麼多，她才不怕胖呢！「夏小米，在部隊，衡量女生美不美的標準不是胖瘦，而是能不能像男兵那樣有戰鬥力。」

　　「話雖如此，但看着鏡子裏肥嘟嘟的臉，我還是不忍下口。」夏小米把餐盤推到帥克身邊，「你幫我把剩下的飯菜吃了吧，不然，」說到此處，她謹慎地轉頭瞄了任教官一眼，「不然任教官會命令我全部吃完的。」

　　帥克倒是不客氣，把自己已經吃空的餐盤推到夏小米面前，然後把夏小米的餐盤拉過來。「按理說，我是嫌你髒

的，但是，看在我們兩個是老隊友的情分上，我就幫你消滅
這些殘羹冷炙吧。」

「少廢話，愛吃就吃，不吃拉倒。」夏小米最討厭帥克
油嘴滑舌的樣子。

帥克一邊往嘴裏扒飯，一邊說：「蝦米，我幫了你一個
忙，你也該幫我一個忙吧？」

「我就知道你別有用心，說吧！」夏小米看着臉頰鼓鼓
的帥克說。

「現在還沒有請你幫忙的事情，先存着，以後有用得着
你的時候。」帥克的眼珠一轉，好像在動甚麼鬼主意。

「存着，不會要利息吧？」關悅在一旁打趣。

帥克剛要回答，卻又把頭扎下了，一個勁地往嘴裏塞東西。

任教官悄悄地站到雄鷹小隊的餐桌旁，笑容可掬地看着他們。少年們都不說話了，因為按照部隊的規定，吃飯時是不能講話的。這一點在陸軍部隊要求特別嚴，而空軍部隊則寬鬆很多。

「夏小米，你今天的表現不錯啊！」任飛行看着夏小米面前的空餐盤說。

夏小米抬頭朝任教官微笑，眼睛瞇成一條縫。「任教官，我已經大徹大悟了，沒有甚麼比吃飽更重要的事情，所以以後不會再節食了。」

任教官沒再說話，而是回以詭異的笑容，然後轉身朝食堂外走去。夏小米覺得任教官的笑裏藏着一把刀，好像隨時會從笑容裏飛出來，狠狠地刺向自己。想到這裏，她不由得打了一個寒戰。

「夏小米，你怎麼了？」楊大龍關心地問。

「沒……沒甚麼。」夏小米可不想被楊大龍笑話。

楊大龍看着夏小米，憂心忡忡地說：「我看你還是應該多吃一點東西，這樣下去會兩敗俱傷的。」

「兩敗俱傷？」夏小米迷惑了。

「是啊，一方面你會因為缺乏營養而影響訓練，特別是

在空中飛行的時候，對體能的要求很高；另一方面，帥克總是吃兩份配餐，就會變成胖子，體重超標也會被飛行學院淘汰的。」楊大龍分析得頭頭是道。

食堂的地板擦得比鏡子還亮，帥克發現自己的確圓潤了一圈，心想不能再被夏小米謀害下去了。夏小米卻執迷不悟，起身離開食堂，不再聽別人的勸告。

夏小米剛走出食堂，便看到門口停着一輛塗成迷彩色的運兵車。運兵車在軍營裏自然常見，所以夏小米並未在意。只不過這輛車的車尾正好堵在門口，她不得不繞到側面才能通過。

夏小米剛剛繞到運兵車的側面，車門就被推開了，恰好攔在她的面前。

「是誰啊？這麼不長眼，差點就撞到我了。」夏小米可不是好惹的。可是，當車上的人探出頭來的時候，她的囂張氣焰卻像被潑了一盆冷水，瞬間被澆滅了。

「刁教官，是你啊！」夏小米趕緊把怒氣沖沖的臉換成笑臉，變化之快令人無法看清，好像練過川劇變臉的絕技。

刁教官沒有下車，而是把半個身子從車門處探出來，臉上還是那副令人溫暖的笑容。「夏小米，你的火氣怎麼那麼大，是不是沒吃飽啊？」

「當然沒吃飽！」夏小米一激動，竟然把實話說出來了。

刁教官笑得更溫柔了，溫柔得讓人有些毛骨悚然。「我

們空軍的伙食可是全軍最好的，如果在這裏都吃不飽，可是說不過去的。」

夏小米知道這位刁教官表面像隻小綿羊，其實內心是隻大灰狼。前不久的飛行訓練，她駕駛的教練機突然在空中熄火，一開始她以為是事故，後來才從傳言中得知那是刁教官自導自演的一場好戲。

「刁教官，我吃飽了，剛才是開玩笑的。」夏小米趕緊改口，並準備繞過去，逃離刁教官的視線。

「夏小米，你要去哪兒？快上車！」刁教官喊。

夏小米一愣，轉身看着刁教官，心想：她讓我上車去做甚麼呢？

「難道任教官沒通知你們嗎？」刁教官一臉不解，「是他讓我來這裏接你們的。」

真的假的？夏小米對刁教官的話甚是懷疑，因為任教官才從食堂離開啊，而且他並沒有對雄鷹小隊說這件事。

夏小米正在發呆，雄鷹小隊的其他人也從食堂走了出來，紛紛向刁教官問好。刁教官同樣命令其他人上車。帥克倒是毫不猶豫，拉開車門便坐了進去。最後，只剩下楊大龍和夏小米猶豫不決。

「這是命令，趕快上車！」刁教官突然嚴肅起來。

軍令不可違，楊大龍和夏小米只好上車。隨後，運兵車突然加速朝飛行學院的營門處開去。刁教官不僅是駕駛飛機

的高手，開起運兵車來也不含糊，竟然把運兵車開出了戰鬥機的感覺，差點就插上翅膀飛起來了。

當運兵車開出飛行學院的大門時，楊大龍的心臟隨着汽車的顛簸驟然加速，就像心臟病發作時的感覺一樣，他不由得胸口發悶，似乎在預示着甚麼：這輛運兵車將把我們帶到哪裏呢？他徹底迷惑了。

國防小講堂

運兵車

雄鷹小隊被刁教官「劫持」，進入一輛運兵車。這輛運兵車將載着他們駛往何處呢？雄鷹小隊的命運暫且不說，我們先講講運兵車。

運兵車，顧名思義，主要是用來運輸士兵的，有輪式車輛，也有履帶車輛；有普通的越野車和卡車，也有裝甲運兵車。平時運輸士兵，以普通的輪式車輛為主；戰時，特別是在前線運輸士兵，以具備防護能力的裝甲車輛為主。裝甲運兵車除了可以運輸士兵，還可以運送物資和補給品，能夠承載一個步兵戰鬥班的兵力和裝備。

第七章

來到步兵團

LOADING...

　　運兵車開出飛行學院的大門，一路顛簸，坐在裏面的少年們看着窗外，猜測着將要到哪裏去。

　　「刁教官，你要帶我們去哪兒呢？」關悅還是忍不住發問了。

　　「保密守則第二條是甚麼？」刁教官沒有正面回答，而是這樣問道。

　　關悅毫不猶豫地回答：「不該問的祕密不問。」關於軍人的保密守則，雄鷹小隊的每個人都能倒背如流：不該問的祕密不問；不該說的祕密不說；不該看的祕密不看；不在私人信件中涉密……

　　刁教官的言外之意就是在告訴雄鷹小隊，這是一個祕

密，所以他們沒有權利知道。既然是祕密，雄鷹小隊的少年們只好不再詢問，而是各自猜測着。

「我們到飛行學院多久了？」歐陽山峰問楊大龍。

楊大龍思索片刻：「到今天整整一百零八天。」

「不愧是狙擊手出身，對看似無關緊要的事情都洞察入微。」夏小米讚歎地說，「那你知道我的生日嗎？」

「陰曆八月二十九，陽曆九月三十。」楊大龍回答。

「沒搞錯吧？女兵的生日你都知道。」帥克目瞪口呆，「我跟夏小米是好幾年的戰友了，都不知道她的生日，莫非——」

「莫非甚麼？」夏小米狠狠地敲了帥克的大腦袋一下，「楊大龍注重細節，這便是他優於我們的重要地方。你還是好好學着點吧！」

帥克不服：「他明明就是只記得女兵的生日，男兵的生日肯定不記得。」

「你的生日是陽曆十月三日，歐陽山峰的更好記，是建軍節那天，八月一日。」楊大龍竟然想都沒想，便脫口而出了。

其他人徹底服了，他們還想要問一些更有難度的問題，可此時運兵車卻突然剎車，猛地停住了。帥克沒坐穩，撞到了夏小米身上。夏小米吼道：「你那麼肥，撞到人身上很重的。」

帥克一臉無辜：「你還嫌我肥，要不是每天幫你把飯吃完，我會像現在這麼重嗎？」

夏小米屬於無理攪三分的那種，瞪着帥克說：「你是自願的，我可不負責任。」

他倆正在互相指責，運兵車的車門忽然被拉開了。「還不快下車，難道想賴在上面過年嗎？」熟悉的聲音傳來。

「任教官怎麼會在這裏？」歐陽山峰一邊說着，一邊探出頭。

任教官果然站在車外，但並沒有穿飛行服，而是一身空軍的迷彩服，神采奕奕。少年們依次從運兵車上下來，這才發現他們已經被拉到了另一個軍營。

刁教官連車都沒有下，跟任教官打了一個招呼後，便開着車離開了。此時，少年們更加迷惑了，不知刁教官為何要把他們拉到這裏，而任教官又是何時到來的。

楊大龍並不像其他人那樣圍着任教官問東問西，而是本能地觀察着這個陌生的營地。他發現一隊隊的士兵正登上一輛輛軍車。從這些士兵的服裝上，楊大龍可以肯定地判斷出他們並不是空軍，而是陸軍。

「這是全軍聞名的步兵第一團，你們看看這些士兵的精神面貌，再看看自己，是不是覺得很慚愧呢？」任教官的話揭開了謎底。

這些士兵着裝整齊，步調一致，皮膚是清一色的古銅

色，精瘦精瘦的，卻又充滿了力量。雄鷹小隊的少年們被步兵團士兵的強大氣場所震撼，不由得肅然起敬。

色，精瘦精瘦的，卻又充滿了力量。雄鷹小隊的少年們被步兵團士兵的強大氣場所震撼，不由得肅然起敬。

「一，二，三，四！」

士兵們喊着整齊的口號，震得少年們的耳膜嗡嗡作響。

「傳說中的步兵一團就是不一樣，我心服口服。」關悅讚歎地說，「可是，刁教官把我們拉到步兵團來做甚麼呢？」

任教官微微一笑：「因為你們要和步兵一團的士兵一起行動，去一個神祕的地方。」

「甚麼？」少年們異口同聲，目光聚焦在任教官身上，等待着進一步的解釋。

任教官本想進一步解釋，但是此時身後卻傳來一個人的喊聲：「任中校，我們馬上就要出發了，你們的部隊準備好了嗎？」

雄鷹小隊的少年們看到一位個頭不高、皮膚黝黑、身背單兵裝備的中校軍官正朝他們走來。任教官趕緊大聲回應：「劉參謀長，我們準備好了，隨時可以出發。」然後，他又小聲對雄鷹小隊的隊員說，「這是步兵一團的參謀長，姓劉。」

劉參謀長來到雄鷹小隊面前，少年們集體立正，齊刷刷地敬禮：「報告劉參謀長，雄鷹小隊整裝待發。」

劉參謀長回禮，笑着對任教官說：「這些就是雄鷹小隊的隊員啊，他們可是隔着門縫吹喇叭 —— 名聲在外！」

「劉參謀長，您也知道我們啊！」夏小米驚喜之情溢於言表。

劉參謀長用欣賞的目光看着雄鷹小隊。「你們是強軍改革的排頭兵，空軍部隊的改革先鋒，未來聯合作戰的拳頭力量，我怎麼可能不知道呢！」

雄鷹小隊的隊員還想再問些甚麼，劉參謀長看了看手錶，催促道：「走吧，軍列已經完成調度，很快就要出發了。」

一輛軍綠色的卡車停在路邊，劉參謀長告訴雄鷹小隊，他們要乘坐的就是這輛車。任教官則和劉參謀長一起去乘坐指揮車。

楊大龍帶頭爬進卡車的車廂，才發現裏面已經坐了一排的步兵戰士。在車廂內，他們並沒有戴頭盔，所以都露着精神的寸頭，每個人的手裏握着一支九五式自動步槍。這讓楊大龍的腦海中瞬間浮現出自己在特種部隊時的場景，難免有些感慨。他情不自禁地去摸一名戰士手中的槍，這名戰士卻下意識地把槍往回一拉，用警覺的目光看着楊大龍。槍是戰士的第二生命，槍不離身，人不離槍，這是軍中的規則。

「別誤會，我只是觸景生情而已。」楊大龍趕緊解釋。以前在特種部隊的時候，他是狙擊手，與槍為伍已經成為習慣。可是，自從被選拔到雄鷹小隊之後，楊大龍卻很少摸到槍了。

雄鷹小隊的其他人陸續爬進卡車的車廂，他們與那些步

兵戰士面對面坐着。步兵戰士的眼神中透着殺氣，血性從他們的身體中掩飾不住地散發出來。步兵的兇猛是其他兵種無法相比的，因為他們的職業就是衝鋒在最前線，在最危險的地方與敵人血刃相對。

卡車開動，關悅小聲地問楊大龍：「我們為甚麼會和這些步兵一起行動，又會被派往哪裏呢？」

楊大龍搖搖頭，同樣低聲說：「一切來得太突然，只能隨機應變了。」

在沒有絲毫準備的情況下，雄鷹小隊被刁教官拉到步兵團的營地。在這裏，他們沒有做片刻停留，又被命令進入到步兵的運輸車裏。從任教官和劉參謀長的簡短對話中，他們得知這些運兵卡車將開往軍列運輸場。那麼，登上軍列之後，他們會被送到哪裏呢？

空軍、步兵、載滿士兵和軍事裝備的軍列，這些要素結合到一起，楊大龍似乎又想到了甚麼……

國防小講堂

步兵

雄鷹小隊莫名其妙地被拉到步兵團，看到步兵團的士兵英姿矯健，氣勢逼人，不由得肅然起敬。說起步兵，他們可是軍中最古老和勇猛的兵種。

步兵是陸軍的兵種之一。除了步兵，陸軍還包括裝甲兵、炮兵、防化兵、工程兵、通信兵、防空兵等兵種。但是，步兵絕對是陸軍兵種中的老大哥。這不僅僅是因為它的歷史最為悠久，更是因為在戰爭中步兵往往擔任着最艱巨、最危險的作戰任務。當然，在這些兵種中，步兵也是訓練最辛苦、管理最嚴格的。所以，步兵戰士和其他兵種的戰士在外形上就有明顯的區別：他們往往更加幹練，體形精瘦，目光堅定，令人望而生畏。

第八章

絕密行動

LOADING...

　　來到車站的時候，雄鷹小隊的隊員們都震驚了。他們還從來沒見過這麼大的場面——幾十節的平板列車停在軌道上，每節平板上裝載着一部部步兵戰車、裝甲車、自行火炮、導彈發射車。這些裝備已經被士兵用三角木和鉸鏈固定在平板車上，依次排開，猶如一條長龍。

　　「我的天哪，我還是第一次見到這麼多大型武器，而且已經裝載完畢，即將奔赴戰場。」夏小米讚歎地說。

　　帥克也跟着感慨：「看到這些，才知道以前自己就是井底之蛙。」

　　「沒錯，你就是一隻井底的蛤蟆。」夏小米的眼睛瞪得圓圓的，「不過蛤蟆要是從井底跳出來，也能見到大世面。」

帥克不高興了，歪頭看着夏小米：「你這只蝦米，不要五十步笑百步。」

　　「你是蛤蟆。」

　　「你是蝦米。」

　　這兩個人竟然互掐起來。

　　歐陽山峰突然跳上一節平板車，坐在一輛裝甲車的炮塔上，朝關悅喊：「快給我拍一張照片，我要發給以前的戰友炫耀一下。」

　　關悅竟然毫不猶豫地掏出手機準備給歐陽山峰拍照。此

時，一名全副武裝的步兵戰士衝到關悅身邊，一把奪下她的手機並吼道：「你是哪個部隊的？怎麼一點保密意識都沒有？這裏不允許拍照。」然後，他又朝歐陽山峰大喊：「你快下來，這裏不是你嬉戲的地方。」

歐陽山峰只好乖乖地跳下來。關悅則連連說好話，想要回手機。士兵檢查了關悅的手機，確保沒有祕密資訊後，才把手機還給她。

「你們幾個真是童心未泯，不要再犯這樣的錯誤了。」身後傳來任教官的聲音。

雄鷹小隊的隊員有一肚子的問題想問任教官。他們七嘴八舌，但最關心的都是同一個問題，那就是他們為何要來到

這裏，又將去何方。

「按照計劃，本來你們應該在飛行學院繼續進行戰鬥機的飛行與空中戰術的學習的，但是空軍首長突然決定要讓你們在實戰中摔打磨煉，以適應未來的聯合作戰。所以 —— 」

「任教官，你們馬上登車，軍列就要開動了。」任飛行的話還沒講完，劉參謀長的呼叫聲就從電台中傳來了。

任飛行中斷講話，帶領雄鷹小隊的隊員登上了列車的第十號車廂。按照軍列輸送安排，他們和步兵第一團三營一連二排的士兵共同乘坐十號車廂。

這些士兵紀律嚴明，即便在車廂裏也不會大聲喧嘩，而是很有秩序地坐在自己的座位上，有的擦拭着自己的槍，有的拿着軍用地圖互相討論着甚麼，還有的閉目養神。楊大龍的老毛病又犯了，湊到一名正在擦槍的士兵跟前，情不自禁地說：「這是一支國產九七式狙擊步槍，在八八式狙擊步槍的基礎上改良而成，口徑 5.56 毫米，精度高，可靠性好。它採用無托射擊，內部結構與蘇聯的 AK47 突擊步槍相似。這種狙擊步槍主要用於出口，目前國內部隊裝備的並不多。」

那名士兵停止了擦槍，側目看着楊大龍。「行啊，沒想到一名空軍士兵也懂狙擊槍，而且如此熟悉。」

「我被選入空軍之前，是特種部隊的一名狙擊手。」楊大龍已經控制不住地去摸這支槍。

士兵倒是沒有阻止楊大龍，只是進一步問道：「既然你

也是狙擊手，那麼知道這種槍的缺點嗎？」

「它的最大缺點就是散熱性偏差，在連續發射子彈時，槍管的熱量就會傳到扳機上。士兵扣動扳機時會明顯感覺到發熱，從而會影響到士兵的注意力。」楊大龍毫不猶豫地說。

士兵更加佩服楊大龍了，用欣賞的眼神看着他。「我叫王大錘，步兵一團三營一連的狙擊手，很高興認識你。」

「我叫楊大龍，曾經是一名特種部隊的狙擊手，目前是空軍雄鷹小隊的隊員。」楊大龍伸出手。

兩個人的手緊緊地握在一起，這就叫志同道合。「你們這次大批出動，是要去執行甚麼任務啊？」楊大龍趁機問。

王大錘謹慎地看了看四周，低聲說：「我們要去邊境參加對抗演習。」

「對抗演習？」楊大龍習慣性地皺起眉頭，這是他開始思考時的典型表情，「對抗演習為甚麼要去邊境搞啊？」

「難道你沒聽說嗎？」王大錘的聲音更低了。

「聽說甚麼啊？」楊大龍愈來愈好奇，也愈來愈迷惑，心想他們在沒有任何預告的情況下，突然被拉到這裏，絕沒有那麼簡單。

王大錘欲言又止，繼續擦拭他的狙擊槍。這次行動，楊大龍觀察到所有的士兵都是槍不離身，坦克、裝甲車、自行火炮也都裝填了大量的實彈，很顯然不是一場演習的場面。

「王大錘，你怎麼不說了？放心，我的嘴巴很嚴的。」

楊大龍很少像這樣去討好一個人。

「不是我不說，我也只是知道皮毛而已。」王大錘的聲音更低了，「最近邊境的局勢很緊張，我國的邊防部隊已經和鄰國對峙很久了，誰也不肯讓步。據說，只要打響第一槍，戰爭就會馬上爆發。」

「真的嗎？」楊大龍吃驚得喊出聲來。這可把王大錘嚇壞了，他趕緊捂住楊大龍的嘴，生怕引起別人的注意。

王大錘和楊大龍的舉動還是被一個細心的人發現了。本來這個人也不會注意他們的，只不過王大錘畫蛇添足，伸手去捂楊大龍的嘴，這才引起了她的注意。這個人是夏小米。

進入車廂後，任教官便和雄鷹小隊分離了。他在另一節車廂裏，正在與步兵團的首長一起商議着甚麼。

「任教官，這次行動可不是兒戲，雄鷹小隊的隊員能勝任嗎？」劉參謀長疑慮地看着任飛行。

「雄鷹早晚要展翅飛翔的，他們是空軍未來的拳頭力量，聯合作戰的指揮人才，而這次行動又是難得的一次多兵種和軍種協同作戰，所以絕不能錯失良機。」任飛行用誠懇的眼神看着劉參謀長，生怕他否決雄鷹小隊參加這次行動的方案。

「原先的計劃可不是像你說的這樣。」劉參謀長果然不贊成任飛行的方案，「陸軍有陸軍的原則，空軍有空軍的規定，萬一出了問題，誰來負責？」

「甚麼是陸軍？甚麼是空軍？」任飛行有些惱火，「你還是老思維，雄鷹小隊的建立目的就是要革除各個軍種各自為戰的弊端，而這次行動便是千載難逢的機會。」

劉參謀長不說話了，將目光移向步兵一團的楊團長，最後的決議將由他來拍板。楊團長是一位年輕有為的團長，年齡比劉參謀長還小，上任不久就接到了率領部隊向邊境調動的命令。

任飛行也看着楊團長，緊張得咽了口唾沫。如果楊團長也否決了他的提議，雄鷹小隊將會失去真正走上戰場的機會。

狙擊槍

在軍列上，楊大龍看到一名步兵戰士在擦拭狙擊槍，便與他攀談起來。說起狙擊槍，他可是行家老手，不僅狙擊技術和戰術一流，對狙擊槍的發展歷史同樣一清二楚。

其實，早期的狙擊手並沒有專門的狙擊槍使用，他們使用的就是普通的步槍。這些人經過特殊的訓練，射擊和偽裝技術高於普通的士兵，從而脫穎而出，也就成了狙擊手。

後來，在步槍基礎上經過改造的狙擊槍，其精度和射程都大大提高，但構造與普通步槍基本一致。世界上著名的狙擊槍包括：美國的巴雷特 M82A1、俄羅斯的 SVD、中國的 JS12.7MM 狙擊步槍、德國的 Blaser R93 狙擊步槍。

第九章
艱難的決議

LOADING...

　　楊團長沉默了良久，開口之前，拳頭猛地砸在列車的餐桌上，放在上面的水杯被震起，濺起的水花像發射的霰彈飛向四面八方。

　　「就這麼定了。」楊團長堅定地說，「實踐是檢驗真理的唯一標準，實戰則是檢驗戰鬥力的唯一標準。要想培養未來的拳頭力量、軍種精英，就要給他們參與實戰的機會，哪怕是付出代價也在所不惜。」

　　任教官握住楊團長的手，激動地說：「感謝楊團長的信任，到達邊境的訓練場後，我一定抓緊時間帶領雄鷹小隊進行臨戰訓練。保證做到首戰用我，用我必勝。」

　　此時，在十號車廂裏，雄鷹小隊的隊員還不知道他們已

經被納入這次邊境行動的作戰計劃。這次出兵邊境，不僅僅是一場常規的軍事訓練，還是為隨時可能爆發的戰爭做好準備。

就在同一時間，向邊境調動的部隊不只有步兵一團，還有陸軍航空兵、電子對抗大隊、裝甲兵團和炮兵團等等。這些兵種將在邊境的訓練基地展開前所未有的聯合作戰訓練，或者說是戰爭打響前的最後磨合。

本來雄鷹小隊是沒有資格參加這次大規模實戰訓練的，但是任教官向空軍的雷司令請求，希望雄鷹小隊能夠在炮火中成長。雷司令一開始有些猶豫，但他最終還是答應了任教官的請求，隨即打電話給陸軍首長，請求雄鷹小隊搭乘步兵一團的軍列奔赴邊疆。

情況緊急，任飛行得到準確通知的時候剛剛吃過午飯，而此時步兵一團的軍列即將開動。他急忙驅車趕往步兵一團去協調相關事宜，並委託刁教官將雄鷹小隊隨後帶到步兵一團。

列車開動，任飛行又有了新的想法。他想把雄鷹小隊編配到步兵一團的聯合作戰方案中，也就是雄鷹小隊將成為支援步兵一團作戰的空中力量。當他提出這一建議後，步兵一團的首長幾乎全部齊刷刷地搖頭。

「不行，絕對不行。」這是劉參謀長的回答。原因很簡單，步兵在與敵人作戰時需要地面的遠端炮火和空中的炮火

支援，如果支援不得力，步兵就會損失慘重。雄鷹小隊的隊員乳臭未乾，他怎麼可能讓步兵團的戰士承擔這一風險呢！

最終，還是楊團長下定決心，同意了任飛行的提議。雖然楊團長同意了，但其他人仍舊在極力反對。任飛行許諾，到達邊境的軍事基地後會立即帶領雄鷹小隊展開空中訓練，如果訓練效果不能讓兵團首長滿意，他們也會知難而退。

十號車廂裏，掌聲雷鳴。楊大龍摘掉蒙在眼上的圍巾，一副目中無人的表情。原來，應步兵戰士的邀請，楊大龍剛剛表演完他的絕活 —— 蒙着眼把槍拆成零件，然後再把這些零件組裝起來。不僅如此，被拆開的零件並非按照順序擺放，而是被毫無規則地打亂。

把槍拆成零件，楊大龍用了五十秒；將它們重新組合完畢，用了六十三秒。一位空軍的戰機飛行員，能把步兵的狙擊槍玩得如此精通，掌聲能不響嗎？

「我們雄鷹小隊不是吹出來的吧？」帥克得意地說，好像剛剛表演完絕活的是他。

夏小米也跟着嚷：「我們還有更厲害的絕活呢！」說完，他看了看歐陽山峰，「他是歐陽鋒的後人，會蛤蟆功。」

「哈哈哈……」車廂裏響起一陣笑聲。

「笑甚麼笑？」夏小米嘟着嘴，「他真會，不信你們看看。」

歐陽山峰沒想到夏小米會當眾戲弄自己，簡直被氣瘋了，臉頰鼓鼓的，雙手握緊拳頭，好像一座隨時會噴發的火山。

「你們看，他的架勢像不像在練蛤蟆功？」夏小米繼續笑嘻嘻地說。

「我看他不像練蛤蟆功的歐陽鋒，卻像專門抓耗子的黑貓警長。」一位頑皮的士兵說，「你們看，他的眼睛瞪得像銅鈴，射出閃電般的精光。」

「哈哈哈……」車廂裏又是一陣大笑。

歐陽山峰坐不住了。他可以忍受夏小米的調侃，畢竟她是自己的隊友，而且還是女生，但是，歐陽山峰絕不能忍受一個比他還黑的步兵戰士說他像黑貓警長。

「我要是黑貓警長，你們整車廂的步兵戰士都是黑貓。聽好了，不是黑貓警長，而是沒有一根雜毛的黑貓。」歐陽山峰感覺特別解氣，「看看你們一個個黑得跟鍋底灰似的，

還好意思說我黑，真是烏鴉落在豬身上 —— 只看得見別人黑，看不到自己黑。」

「我們黑得光榮；我們黑得驕傲；我們黑得無可救藥；我們是在烈日下摸爬滾打被曬黑的，不怕別人笑。」

一名戰士的話把大家都逗笑了。歐陽山峰嚴重懷疑他是混進步兵團的相聲演員。

「黑得有個性，黑得有品位，黑得令人陶醉。」夏小米發自內心佩服這些步兵，「我們雄鷹小隊的隊員要向步兵一團的戰友看齊，黑出一片新天地。」

戰士們被這位可愛的女兵逗得笑成一團。笑聲還沒停止，任飛行便急匆匆地走進十號車廂，正好看到夏小米站在人群中間，眉飛色舞地誇誇其談。

「夏小米，你在幹甚麼？」任飛行厲聲問道。

一看到任教官，雄鷹小隊的少年們立刻收斂起來。夏小米一臉尷尬地看着任飛行：「任教官，我們正在和步兵團的戰友談天說地，共謀大業。」

「共謀大業？」任飛行瞪着夏小米，「你們還是把自己的本職工作幹好再說吧，別讓步兵團的戰友們笑話我們。」

一直坐在座位上的關悅發現任飛行好像有甚麼心事，便站起來走到他身邊，小聲問：「任教官，您是不是有甚麼任務要安排給我們啊？」

任飛行憂心忡忡地看了看雄鷹小隊，低聲說：「你們跟

我出來一下。」說完，他轉身朝車廂一端走去。

雄鷹小隊的少年們緊跟在任飛行的身後。他們知道一直困擾着的那個問題馬上就要有答案了。

國防小講堂

軍事演習

雄鷹小隊搭乘步兵團的軍列，即將奔赴邊境的軍事基地，參加一場聯合軍事演習。軍事演習是和平時期訓練部隊的主要方法。演習根據不同的規模，分為戰術演習、戰役演習和戰略演習；根據演習的方式，還可以分為對抗演習和單方演習。

演習首先要有假想敵，也就是作戰物件。根據假想敵的裝備和作戰方法，進行針對性的排兵佈陣，推演戰鬥進程。在對抗演習中，將有一支部隊專門擔任敵方部隊，被稱為藍軍，另一方則被稱為紅軍。「紅藍對抗」一詞便是由此而來。

第十章

陳兵邊境

LOADING...

　　雄鷹小隊跟隨任飛行走出十號車廂，在兩節車廂的連接處，任飛行停住腳步。「任教官，您是不是要向我們傳達作戰任務啊？」夏小米一臉激動。

　　任飛行看着機靈鬼夏小米。「剛才你在車廂裏誇誇其談，上躥下跳，好像整節車廂都容不下你了。」

　　「報告教官，我是在跟步兵團的戰友增進友誼，為今後的聯合作戰打下堅實的合作基礎。」夏小米一臉頑皮的笑。

　　任飛行對夏小米真是愛恨交加，苦笑道：「你這張嘴啊，能把死人說活，活人氣死。」

　　「剛才我就差點被她氣死。」歐陽山峰的臉還被氣得通紅呢，臉頰依舊鼓鼓的，的確像在練蛤蟆功。

「言歸正傳！」任飛行突然嚴肅起來，「你們知道為甚麼我會突然把你們帶到這列駛往邊境的軍列上嗎？」

「去參加陸軍和空軍的聯合演習。」楊大龍說，「我剛才從步兵團的戰士那裏打探到了一點情報。」

任飛行點點頭：「你只打探到了皮毛。這次行動遠不止演習那麼簡單。」

雄鷹小隊的少年們安靜下來，每個人的眼睛都瞪得像銅鈴，仿佛都變成了黑貓警長。

哐噹，哐噹，哐噹——

任飛行突然不說話了，少年們的耳邊是列車行駛時發出的聲響。列車的連接處晃動得最厲害，他們的身體隨着列車在鐵軌上轉彎而發生晃動，時間仿佛靜止在列車的哐噹聲中。

「任教官，您別賣關子了，快說吧！」帥克焦急地問。列車已經轉過彎道，開始加速行駛，而時間仿佛也從哐噹聲中釋放出來，隨着列車急速奔馳起來。

任飛行掏出一張軍用地圖，雄鷹小隊的少年拿住四角將其展開。指了指地圖上的某個位置，任飛行說：「我們要去的就是這裏，屬於高原地形，這種地形不僅是對戰士的考驗，也是對軍事裝備的考驗。」

「這裏靠近邊境，聽說邊防部隊正在與鄰國軍隊對峙，是這樣嗎？」楊大龍問。

「你的消息還挺靈通。有關兩軍對峙的消息一直被封鎖，就是怕引起百姓的恐慌。我們與鄰國的領土在此處一直存在爭端，就在上週，鄰國的邊防部隊突然向前推進，想佔領邊境的爭議地區。我軍邊防部隊立即出動，與敵軍對峙在308高地。」任飛行指了一下地圖上的一個位置說。

「如此說來，我軍這次大規模調兵邊境，是要給敵軍施壓。」關悅分析道，「那麼敵軍的動向如何呢？」她在來到雄鷹小隊之前，是少年特戰隊的情報專家，破譯和獲取情報是她的專長。

「知己知彼，方能百戰不殆。」任飛行說，「關悅說到了問題的關鍵，據軍事衛星偵察，敵軍也正在調動陸空部隊積極備戰。」

「十年磨一劍，霜刃未曾試。」歐陽山峰慷慨激昂地說，「作為一名軍人，我期待着到戰場上建功立業。」

「將軍未掛封侯印，腰下常懸帶血刀。」帥克的眼睛瞪得不再像銅鈴，而是像燈泡，「我時刻在準備着為國效力。」

夏小米不耐煩地看着歐陽山峰和帥克：「我們在研究邊境局勢，不是在參加詩詞大會，要背詩去電視台報名去，也許明年你們能拿詩詞大會的冠軍。」

「我只是借助詩詞抒發此時此刻的情感而已。」帥克趕緊將目光移回到地圖上。

任飛行繼續說：「我軍陳兵邊境，不僅僅是為了演習，

也是根據假想敵進行接近實戰的推演，並做好隨時開戰的準備。」

「那我們的任務呢？」楊大龍關心地問。

任飛行略帶驕傲地說：「雄鷹小隊這次的任務是以空中火力支援步兵一團的戰鬥。」

「真的嗎？」雄鷹小隊的少年們興奮得大叫起來。

此時步兵戰士王大錘正好路過，用異樣的目光看着他們，問：「有甚麼高興的事，說來聽聽？」

「你是狗仔隊嗎？這麼喜歡打探別人的事情。」夏小米瞪着王大錘。

王大錘一吐舌頭，繼續朝廁所的方向走去。

「目前這還是祕密，千萬不能對其他人講。」任飛行叮囑道，「一旦祕密洩露，就會影響整個軍隊的行動，切記！」

「是，我們一定守口如瓶。」雄鷹小隊的隊員同時給任飛行敬禮，然後返回十號車廂。

在得知他們即將參加軍事演習，並有可能參加實戰，駕駛戰機為步兵一團提供火力支援後，雄鷹小隊的少年們熱血沸騰起來，但卻沒有以前那麼興奮了，都靜靜地坐在自己的座位上，思考着甚麼。

楊大龍的頭側向窗戶，看着窗外的莊稼地風馳電掣般閃過，思維卻一直靜止在同一個畫面上 —— 墜落：他駕駛的戰機被敵軍的導彈擊中，尾部冒着濃煙，機頭朝下，旋轉着

墜向地面。

另一列列車與軍列擦身而過，呼嘯的風聲在他的耳邊響起，兩車交會所產生的強大氣流令軍列劇烈地抖動起來。這種感覺，令楊大龍感覺自己就置身於一架正在急速墜落的戰機中。

兩車交錯而過，視野豁然開朗，楊大龍被拉回現實中。這一場景不止一次出現在他的腦海中出現，如同魔咒一般揮之不去。與其他人不同，心裏的事情，他不會跟別人講，所以也沒人察覺到他的變化。在戰友的心目中，楊大龍是一位沉着冷靜、膽大心細、果斷決絕的人。而實際上，每個人都有自己的死穴，楊大龍也不例外。

列車開了二十多個小時，中途在兵站停靠了三十分鐘，官兵們在兵站吃了一頓午餐。其他幾頓飯都是以野戰口糧充飢。第二天下午，軍列停靠車站，士兵們立即有序下車，按照分工，卸下用來固定裝備的三角木和鉸鏈，然後引導坦克、裝甲車、自行火炮等裝備開下平板車。

馬達轟鳴，車站變得充滿硝煙氣息，雄鷹小隊的隊員看着一輛輛裝甲車駛下月台，然後按照建制整齊編隊，發自內心地佩服步兵團官兵的訓練有素。

不到半個小時，上百台各種軍事車輛和裝備便從列車的平板上，開到了車站的空地上。楊團長坐進最前面的指揮車，帶領車隊駛出車站。

　　雄鷹小隊的少年們則和任教官一起坐進一輛運兵車，他們將調動到邊境的軍事基地，一場聯合戰鬥即將展開。雄鷹小隊的少年摩拳擦掌，準備大顯身手。可是，在軍事基地等待他們的並不是展翅高飛，而是一場更加殘酷的磨煉。

國防小講堂

自行火炮

一輛輛自行火炮駛下軍列，雄鷹小隊的少年們被壯觀的場面驚呆了。對於火炮，相信大家都略知一二，首先我們要知道口徑大於 20 毫米才能稱為炮，而小於 20 毫米則稱為槍。以往的火炮是靠牽引的，也就是需要拖拉。最早是靠牲畜牽引，後來由汽車牽引，所以被稱為「牽引火炮」。

後來，火炮和車輛底盤結合到一起，就變成了「自行火炮」。自行火炮的底盤有輪式車輛，也有履帶車輛，現在的自行火炮大多是履帶車輛，且有裝甲防護，做到了攻防兼備。

雖然隨着導彈和坦克技術的發展，火炮在現代戰爭中的地位有所降低，但在大規模的陸戰中，它仍是當之無愧的「陸戰之神」。

第十一章
山裏的飛機

LOADING...

到達邊境的訓練基地之後，雄鷹小隊才發現早已有其他部隊進駐這裏。有裝甲部隊、炮兵部隊、陸軍航空兵部隊、特種部隊，當然還有空軍部隊。步兵一團按照預案駐紮到自己的營地，而雄鷹小隊則奔赴空軍部隊的營地。

空軍部隊的營地在一座大山的腳下。奇怪的是，他們並沒有看到任何一架飛機，只是看到了在山頂不停旋轉的預警雷達。當然，他們還看到了從山腳下延伸到遠方的幾條機場跑道。

「任教官，空軍基地為甚麼看不到一架飛機啊？」歐陽山峰疑惑地問。

「看不到不等於沒有。」任飛行故弄玄虛，「等會兒你們

就能見到空軍幾乎所有的機種了。」

「所有機種？您是說戰鬥機、轟炸機、預警機、運輸機、加油機，還有攻擊機嗎？」帥克滿腦子都是這些飛機的畫面。

「不止這些，你們就等着瞧吧！」任飛行沒有正面回答。

雄鷹小隊的少年們滿腹疑雲，都在想，任教官所說的那些飛機莫非都飛出去訓練了？所以，他們期待着能有飛機返航，這樣就能大飽眼福了。

可是，事情並不像他們想像的那樣。任飛行駕駛的越野車在山腳下停住，確切地說，他們的車是被兩名荷槍實彈的士兵攔住的。

「站住，這裏是軍事禁地，沒有通行證一律禁止通行。」一名士兵見任飛行是一名空軍中校，便按照軍隊中的規矩給他敬了一個軍禮。

「我是雄鷹小隊的教官，奉命帶領雄鷹小隊來參加實戰訓練的。」任飛行搖下車窗，很有禮貌地說。

「對不起，沒有通行證，任何人不能進入。」士兵並不理會任飛行的話，而是重複着自己的職責。

帥克一肚子火，心想這個大兵頭怎麼如此死板，竟然連中校的話都不聽。於是，他把頭探出去喊：「下級服從上級，這是軍隊裏的規矩，你是一名下士，難道不該服從中校的命令嗎？」

「對不起，沒有通行證，就是將軍來了，也不能通過。」士兵像機器人一樣，絲毫不肯通融。

「怎麼辦？」夏小米看着任飛行，「教官，您快想想辦法啊！」

任飛行推開車門，走下越野車，很有禮貌地對士兵說：「我理解你的職責，不過請問我能用你們的電台呼叫雷司令嗎？是他命令我們來這裏的。」

「您說的是空軍少將雷司令嗎？」士兵問。

「對，就是他。」任飛行點點頭。

「雷司令是我們這裏的最高指揮官，如果他同意你們進去，我就可以放行。」說着，士兵將電台的頻率轉換到第二波段，開始呼叫：「作戰值班室，收到回答。」

「這裏是作戰值班室，請講。」很快，作戰值班室的值班軍官便回應道。

「一位空軍中校帶領雄鷹小隊來到這裏，要求跟雷司令通話。」士兵報告說。

作戰值班室讓士兵稍等。士兵知道值班軍官是在向雷司令報告。片刻，電台被轉接到雷司令那裏，話筒裏傳來他的聲音：「來報到的人是一位中校和五位少年嗎？」

「報告雷司令，是的。」士兵數了數，然後回答。

任飛行在一旁也跟着報告：「雷司令，我是任飛行，奉命帶領雄鷹小隊前來報到。」

「放行！」雷司令聽到任飛行的聲音後，直接說出了這兩個字。

士兵得到雷司令的命令後，立即拉開攔在路上做障礙物的拒馬。任飛行回到車裏，駕駛越野車繼續向前行駛。直到開到緊挨着山腳下的地方，雄鷹小隊的少年們才發現有一個洞口。任飛行駕駛越野車直接開進了山洞。

進入山洞，少年們才發現裏面亮如白晝，別有洞天。汽車行駛在山洞隧道中，然後向右一拐，進入一個停車場，這裏竟然停着大大小小上百輛軍用汽車和戰車。

越野車停穩，任飛行走下汽車。雄鷹小隊的少年們竟然沒有一個人開口說話，因為他們已經看得目瞪口呆了。在用力咽了一口唾沫之後，歐陽山峰終於發出了聲音：「教官，這座山難道已經被掏空了嗎？山洞好大啊！」

「真沒見識，這叫山體工事，隱藏在我們國家的崇山峻嶺之中，只有軍方才知道。」夏小米雖然也是第一次進入山體工事，但是她的大腦中卻不乏這樣的知識。

「夏小米說得對，這裏就是山體工事。」任飛行說，「這是我第三次來這裏了。前兩次是參加以前的軍事演習，而這次不僅僅是演習，還要擔任你們的教官，甚至要參加實戰。」

「任教官，空軍的飛機是不是也藏在山體工事裏？」楊大龍問。

「沒錯！」任飛行開始往前走，「如果飛機停在外面，就

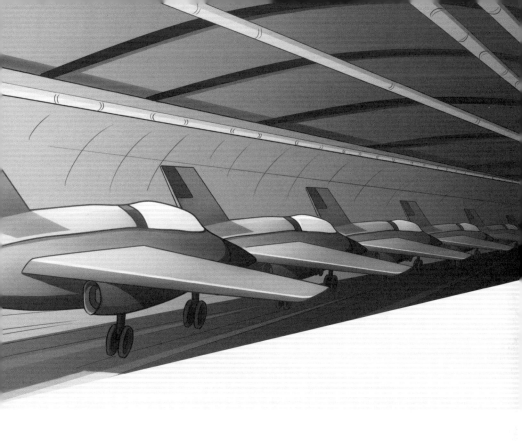

會被敵人的衛星監視，起飛和降落也就都在他們的掌控之中了，同時還會遭到他們的打擊。所以，飛機停在山體工事裏才夠隱蔽。」

任飛行一邊走一邊向雄鷹小隊的隊員介紹山體工事。少年們這才知道山體工事裏有完備的指揮機構和裝備隱蔽場，甚至還有飛機的跑道。他們每說一句話，都能聽到自己的回音，令人覺得仿佛置身於異度空間。

又轉過一道彎，第二個洞廳出現了。不過用「洞廳」二字來形容這裏明顯有些力不從心，因為這裏足足有一個標準

的操場那麼大。在這裏，停着大大小小幾十架戰機，有些戰機的機翼是可以向下或向後折疊的，就像航母上的艦載機那樣，因為這樣可以節省空間。

雖然這裏的戰機不少，但關悅卻依舊有疑問：「任教官，僅憑這些戰機遠遠不能滿足作戰需要啊！」

「這些戰機只是一部分而已。」任飛行一邊說一邊走向停在最前面的一架戰鬥機。

「你是說山體工事裏還有其他的停機場嗎？」夏小米問。

任教官已經走到那架綽號為「獠牙」的戰鬥機旁。這是我軍最新裝備的第四代戰機，絕不遜色於世界上任何一種最先進的戰鬥機。看到這架戰鬥機，少年們兩眼放光，恨不得馬上就坐進去，駕駛着它衝上雲霄。

然而，關悅卻還在思考着剛才的問題。她追問道：「教官，其他的戰機到底在哪裏啊？」

任飛行撫摸着「獠牙」戰鬥機，就像愛撫自己的孩子。飛行員愛戰機就像賽車手愛他的賽車一樣，愛到骨子裏。不過，他也沒有忽略關悅的問題，回答道：「其他戰機也在這裏。」

這句話讓關悅更加迷惑了，她放眼尋找，明明看不到任教官所說的其他戰機，難道是自己的視力有問題嗎？

預警雷達

雄鷹小隊的隊員發現山頂上有一台預警雷達，他們知道
這種雷達的探測距離可達幾千公里，用於發現洲際導彈
和遠端轟炸機等目標。比較先進的預警雷達對洲際導
彈能提供 15-20 分鐘的預警時間；對潛地導彈能提供
2.5-20 分鐘的預警時間；對距離為 400-600 公里、
高度 40 公里以下的巡航速度的轟炸機，能提供 20-30
分鐘的預警時間。

預警雷達只是防禦或者攻擊系統的一個環節，它與衛
星、導彈系統、空軍形成完整的防禦和攻擊鏈，是一個
國家國防實力的體現。

第十二章
雄鷹出動

LOADING...

　　站在「獠牙」戰鬥機旁邊，五位少年都想駕駛着它一飛衝天，以空中火力支援地面步兵的戰鬥。不過，機庫裏只有一架「獠牙」戰鬥機，根本不能滿足這麼多人的願望。

　　「任教官，您說的其他戰機到底在哪裏啊？」雄鷹小隊的少年們都迫不及待地想得到答案。

　　「莫急，」任教官微微一笑，說：「下面就是見證奇迹的時刻。」說着，他向右轉身，又向前走了幾步，然後按下位於牆壁上的一個按鈕。

　　嘎吱，吱 ——

　　雄鷹小隊的少年們感覺腳下的地面在顫動，接下來，不可思議的一幕發生了，他們看到地面竟然向兩側緩緩地裂

開，直到出現一個偌大的洞口。而後是更加令人震驚的一幕，一架「獠牙」戰鬥機竟然奇迹般地從洞口升到了地面。

「這下面竟然還有一層！」夏小米驚奇地說，「升降機可以把下面的戰機輸送到地面，然後再從這裏滑行到出口，直到飛上藍天。」

「你說得沒錯，就是這樣。」任飛行看着夏小米，「不過你說得也不完全對，因為地下不止有一層。」

「兩層？」夏小米試探着問。

任飛行搖頭。

「三層？」夏小米又問。

「不會有四層吧？」夏小米愈來愈吃驚了。

任飛行這才點點頭。「地下一共有四層，但並不都是機庫。戰機停在現在的機庫和地下一層、二層。第三層則是彈藥庫，裏面存放的是機載彈藥，比如導彈和航空炸彈。第四層則是戰士們生活的地方。」

「這裏簡直就是一座隱藏在地下的城市。」帥克讚歎道。

「沒錯，這裏就是一座軍事地下城。」任飛行帶領少年們朝通往地下的入口走去，「現在有一種炸彈很厲害，叫鑽地炸彈，所以人員和裝備即便隱藏在普通的地下工事也不再安全。不過隱藏在山體下的工事就不同了。鑽地炸彈不可能鑽透山體，更不可能到達地下四層，所以人員隱藏在裏面是絕對安全的。」

說話間，任飛行已經帶領少年們來到電梯口。少年們沒有想到這裏竟然還有電梯。他們乘坐電梯直達地下四層。當電梯的門打開，他們才看到全副武裝的官兵忙碌於各個崗位之間。

來到一間屋子旁，任飛行大喊一聲：「報告！」

「進來！」屋裏傳來一位中年人的聲音，如同洪鐘。

任飛行帶領少年們進入屋內，他們這才發現屋內的人是空軍少將雷司令。雄鷹小隊從獵人特訓營結業的時候，就是雷司令為他們頒發結業證書和勳章的，所以他們都認識雷司令。

「報告雷司令，雄鷹小隊奉命報到。」少年們齊聲說道。

雷司令停下手頭的工作，轉身對他們說：「你們都來了。希望你們在這次實戰化訓練中得到飛躍式的提升，一旦戰爭爆發就要戰之能勝。」

「我們保證完成任務，不辱使命。」任飛行代表雄鷹小隊表態。

「好，你們先安頓下來，然後按照計劃展開訓練。」雷司令說完，又對着軍事地圖研究起作戰方案來了。他是這次聯合軍事行動的空軍總指揮，肩上的擔子可不輕。

任飛行帶着雄鷹小隊離開雷司令的辦公室，向走廊深處走去。走廊的盡頭有兩間房子，一間是留給男生的，另一間是留給關悅和夏小米的。

進入房間，關悅和夏小米發現裏面很窄，放着一張上下牀，牀邊有序地堆放着戰鬥物資，看來在他們到來之前，已經有人把所需物資準備就緒了。房間內還有一張野戰作業桌和一把野戰椅，除此之外就再也沒有其他東西了。

既然是地下山體工事，自然不會有窗戶，但是她們發現緊貼着牆角有一個用來換氣的管道，在管道的開口，風扇不停地轉動着。所以，即便沒有窗戶，她們也能呼吸到新鮮的空氣。

男生那邊也是如此，此時他們正在穿飛行服，因為任飛行告訴他們訓練馬上就會開始。戰鬥就是這樣，對手不會給你喘息的機會，所以戰士要能夠適應緊張的戰鬥狀態。

剛剛換好飛行服，兩間屋子裏的揚聲器裏就傳來任飛行的喊聲：「雄鷹小隊出動！」

男兵和女兵們幾乎同時複述：「出發！」這是接到命令後的規定，表示已經清楚命令並採取行動。

當夏小米推開門的時候，楊大龍正好也剛剛推開男兵宿舍的門，二人相視一笑，信心滿滿。少年們拎着飛行頭盔，形成一路縱隊，井然有序地向電梯處跑去。

任飛行已經在電梯口等他們，但是，他並沒有讓雄鷹小隊乘坐電梯，而是帶領他們拐入了電梯旁的祕密通道。少年們要儘快熟悉山體工事的每一條通道，這樣才能在戰時高效地通往需要到達的地點。

　　沿着祕密頻道,他們快速跑到地下二層。在這裏,他們看到了數架「獠牙」戰鬥機。遵照任飛行的命令,他們分頭鑽進了戰機。

　　任飛行進入第一架「獠牙」戰鬥機,其他人看到這架戰機開始向上升起,最終消失在他們的視野裏。楊大龍坐在第二架戰機的駕駛艙內,莫名地緊張起來。與以往的訓練不同,他感覺自己即將加入一場保衛祖國的戰鬥。戰機墜落的畫面鬼使神差地再次出現在他的腦海中,揮之不去。戰機已經開始向上升,楊大龍用力搖搖頭,想把可惡的畫面甩出

去。短暫的上升之後，楊大龍看到面前出現一條跑道，直通山體工事的出口。這個出口和他們進入山體工事時的入口不同，它更加寬敞，也更加隱蔽。

「翼龍，藍天呼叫。」聽到自己的代號，楊大龍立刻精神抖擻起來，把困擾他的莫名其妙的畫面清除乾淨。代號只有在戰時使用，而聽到代號，總會令人有一種難以抑制的亢奮。

「報告藍天，翼龍收到。」楊大龍回應。

藍天是任飛行的代號，此時他已經駕駛第一架「獠牙」戰鬥機滑出山體工事，正在室外的機場跑道上高速滑行。他命令楊大龍立即啟動「獠牙」戰鬥機，開始滑行。

　　楊大龍接到命令後，立即發動戰機。當帥克駕駛的第三架戰機升上「地面」時，他看到楊大龍駕駛的戰機已經滑行到出口處。楊大龍駕駛戰機滑行到室外跑道時，看到任教官駕駛的戰機已經揚起高傲的機頭，斜插入空中。

　　隨後，一架架「獠牙」戰鬥機騰空而起，一飛衝天。等待雄鷹小隊的將是一場艱難的戰鬥，他們真的準備好了嗎？

國防小講堂

鑽地炸彈

把軍事裝備和人員隱藏在山體工事裏，這是很多國家在戰時的做法。如今，軍事科技迅猛發展，普通的地下工事根本無法應對鑽地炸彈。

普通的炸彈碰到地面就會爆炸，但是鑽地炸彈卻不同。它落到地面後不會立即爆炸，而是繼續向下鑽，當鑽到一定深度後才會爆炸，從而摧毀地下深處的目標。一般的鑽地炸彈能鑽透數百毫米厚的水泥，有的甚至能鑽到一百多米深的地下。

面對如此邪惡的鑽地炸彈，我們只有加強防空建設，修建更加隱蔽、堅固的防空工事，才能保證戰時軍民能夠躲避到安全的地方。

第十三章
空中打擊

LOADING...

　　「獠牙」戰鬥機不愧是第四代戰鬥機，空中機動性能超出楊大龍的想像。他只需稍稍加大油門，戰機就能快速提升飛行速度。此外，無論是爬升、急轉、側翻、後仰，「獠牙」戰鬥機都能輕鬆而優雅地完成。

　　楊大龍想嘗試一下更大膽的動作，於是操作「獠牙」戰鬥機突然加速，然後向側面滾轉，接着再度滾轉。雄鷹小隊的其他隊員也已經駕駛戰機升入高空，他們看到楊大龍駕駛的戰機在空中連續滾轉，不由得發出驚呼聲。

　　「翼龍，你的滾轉動作太帥了。」關悅說道。

　　「不是我的滾轉動作帥，是『獠牙』戰鬥機的滾轉動作太帥了。」楊大龍強調，「我感覺自己已經和『獠牙』戰鬥

機融為一體，這種感覺無法形容。」

的確如此，楊大龍此時感受到的不是在駕駛一架戰機飛行，而是自己在飛行。他仿佛已經變成一隻長着翅膀的大鳥，時而扶搖而起，時而迅猛急下，時而穿行如箭，時而翻滾如龍。這是前所未有的體驗，也只有「獠牙」戰鬥機能給飛行員帶來這種美妙的體驗。

在空中，一架架「獠牙」戰鬥機排成三角戰鬥隊形，如同大雁南飛排成的「人」字。噴氣式發動機發出的轟鳴聲猶如千軍萬馬在空中馳騁，一團團白色的煙霧拖在戰機的尾部，然後飄散在無邊無際的天空。

「翼龍注意，立即搜索一號目標，進行攻擊。」任飛行命令道。

「翼龍明白！」楊大龍回覆。

「黃雀，搜索二號目標；白頭翁，搜索三號目標；雨燕，搜索四號目標；戰鷹，搜索五號目標。」任飛行依次命令道。

其他人迅速做出回應並開始尋找自己負責的目標。這些目標並不在空中，而是位於地面。這次行動，雄鷹小隊主要負責以火力支援步兵一團的戰鬥，為其衝鋒掃清障礙。

「獠牙」戰鬥機並非傳統的戰鬥機，而是兼具了空中格鬥和地面攻擊能力的戰機，也就是將戰鬥機與攻擊機的性能融於一身。所以，「獠牙」戰鬥機不僅攜帶有空中格鬥的武器，還裝備了對地攻擊的火箭彈和導彈。

此時，步兵一團的官兵正在地面上進行進攻戰鬥的演練。全體官兵從車站卸載以後，後勤人員去安營紮寨，而戰鬥部隊則直接進入戰鬥狀態。這是近似實戰的推演，因為在實戰中，敵人不會給你喘息的機會，必定會對立足未穩的對手發起攻擊，所以步兵一團的楊團長就是要鍛煉部隊在疲勞行軍後快速投入戰鬥的能力。

步兵一團第一營作為進攻部隊的先頭部隊，裝甲車已經展開戰鬥隊形向前衝擊，步兵則坐在裝甲輸送車內隨時準備投入戰鬥。

「藍天注意，我是猛虎，在衝擊途中，我軍遭『敵人』的坦克部隊攔阻，請求空中火力支援。」步兵一團的楊團長呼叫。猛虎是他的代號。

任飛行就是接到楊團長的呼叫後，才開始給雄鷹小隊分配攻擊任務的。此時，雄鷹小隊的少年們已經按照分配的任務，找到了他們要攻擊的目標。

一號目標是位於步兵衝擊前方的一輛坦克。楊大龍立即鎖定目標，毫不猶豫地按下發射按鈕。一枚對地攻擊導彈從機翼下噴射而出，逕自朝那輛坦克的頂部飛去。這是一種鐳射制導的對地攻擊導彈，能夠在雷射光束的指引下精準攻擊目標。

導彈不負所望，一頭扎到了坦克的頂端，這裏是坦克最薄弱的部位。彈頭接觸坦克的頂端後立即爆炸，高能炸藥熔

化了前端的銅質錐形罩，形成一股高溫金屬射流。

高溫金屬射流將坦克擊穿，進入坦克的艙室，瞬間在裏面形成上千度的高溫。坦克內的裝備被破壞，人員更是瞬間斃命。當然，這是一場對抗訓練，坦克是報廢的，裏面也沒有士兵，這些坦克只是用來練手的靶子而已。

「報告藍天，翼龍已經摧毀一號目標。」楊大龍立即報告。

「收到！」任飛行回覆，「立即爬升。」

楊大龍立即操作「獠牙」戰鬥機爬升。

在對地面目標進行攻擊時，戰機不得不降低飛行高度，而此時它的處境是最危險的，因為很可能遭到敵軍防空導彈的攻擊。所以，在攻擊完地面目標後，飛行員要儘快使戰機爬升到高空。

「獠牙」戰鬥機的瞬間爬升能力令人震驚，楊大龍感覺到一股強大的超重感，比以往駕駛的任何一架戰機爬升時的超重感都要強。這種感覺就是飛行員想要的，因為只有能夠提供這種感覺的戰機才能在空戰中奪得先機，立於不敗之地。

轟——

又是一聲巨響，地面步兵的指揮官楊團長通過望遠鏡看到第二輛坦克也被從空中發射的導彈擊中。緊接着是第三輛、第四輛、第五輛。

攔在步兵一營正面的坦克被擊毀過半，楊團長命令步兵一營迅速發起衝鋒。裝甲車在地面疾馳，滾滾煙塵如旋風般席捲大地。

嗒嗒嗒……

轟轟轟……

機槍聲、炮彈出膛聲和爆炸聲不絕於耳。還記得步兵戰士王大錘嗎？此時，他正坐在一輛裝甲輸送車的副駕駛位置，通過面前的觀察窗，看到硝煙四起的戰場上火光閃爍。轟隆隆的馬達聲和衝鋒的號角令他熱血沸騰，他不由得將手中的狙擊槍握得更緊了。

前面是一道塹壕，這是「敵人」構築的障礙，企圖阻止我軍的推進。當然，這也是「敵軍」防禦前沿的最後防線。裝甲輸送車的前輪衝過塹壕，後半部分掉入塹壕內。這是一輛履帶式裝甲輸送車，一個個小鐵輪在履帶上高速旋轉，硬是將這輛車推出了塹壕。

步兵的戰車已經衝入「敵軍」陣地，坐在車裏的班長大喊一聲：「下車，發起衝鋒！」

步兵戰士們如出籠的猛虎，打開車門，衝向敵軍陣地，就如同一道道閃電劃過。王大錘是狙擊手，自然負責射擊「敵軍」指揮官。他迅速臥倒在一個土丘的後面，尋找「敵軍」指揮官的蹤迹。

很快，通過狙擊槍上的高倍瞄準鏡，他看到了「敵軍」

陣地上的一位戰地指揮官。他不動聲色，悄悄地將瞄準鏡的十字線壓住「敵軍」指揮官的要害，只要扣動扳機便能將其擊斃。

轟——

然而就在此時，一枚炸彈在王大錘附近爆炸，雖然飛散的彈片沒有擊中他，但是被炸起的塵土幾乎將其覆蓋。同時，他也被爆炸產生的強大衝擊波震得頭昏腦脹，視線模糊了。

這枚炸彈是「敵軍」的遠端炮兵發射的，他們已經發起了反擊。一場真正的戰鬥才剛剛開啟……

國防小講堂

攻擊機

雄鷹小隊駕駛「獠牙」戰鬥機對「敵軍」的地面目標發起攻擊，以此來支援地面部隊的進攻。以往，對地面目標進行攻擊的任務是由攻擊機來完成的，可是，現在的先進戰鬥機往往將攻擊機的功能集於一身，所以也就兼具了對地攻擊的能力。

攻擊機在中國習慣稱為強擊機，主要用於低空、超低空突擊敵方地面目標，直接支援地面部隊作戰。攻擊機要求具有良好的低空操縱性和搜索地面小目標的能力，在要害處有裝甲防護。目前在戰場上最活躍的攻擊機是美國的 A10「雷電」攻擊機，有一款經典的戰機射擊遊戲《雷電》就是以它命名的。

第十四章
戰場受辱

LOADING...

　　炮彈密集地落到步兵衝擊的陣地上，戰士們不得不躲進戰壕裏，否則他們會被炸得體無完膚。劉參謀長的臉已經佈滿炮灰，一副狼狽的模樣。

　　「團長，我們必須請求空中火力支援，將『敵軍』的遠程炮兵陣地摧毀。」劉參謀長大聲地喊。

　　隆隆的爆炸聲令楊團長無法聽清劉參謀長的話，但是即便劉參謀長不說，他也知道此時最該做的是甚麼。他馬上呼叫任飛行：「藍天，我是猛虎，聽到請回覆。」

　　雄鷹小隊順利地將地面目標摧毀，正喜形於色，駕駛「獠牙」戰鬥機在空中翱翔。任飛行也小小地得意着，認為雄鷹小隊沒有給自己丟臉。突然，他再次接到楊團長的呼

叫，趕緊回覆：「猛虎，我是藍天，請講！」

「我們遭到『敵軍』遠程炮火的封鎖，請求雄鷹小隊對『敵軍』的遠端炮兵陣地進行轟炸。」楊團長的喊聲中夾雜着爆炸聲。

楊團長的請求可把任飛行難住了，因為炮兵陣地在「敵軍」的後方，想要突入「敵軍」的後方，就會受到「敵軍」防空火力的層層攔截，況且他們駕駛的是戰鬥機，無法執行轟炸任務。

「猛虎，我是藍天。」任飛行回應道，「我們暫時無法執行遠端轟炸任務，需要返回基地駕駛轟炸機，然後才能執行轟炸任務。」

聽到任飛行的回應，楊團長恨不得把任飛行從天上揪下來揍一頓。步兵最怕甚麼？他們最怕需要火力支援的時候，而火力支援卻遲遲不來。步兵可是在炮火中提着腦袋戰鬥的人啊，這種心情只有他們自己才能理解。

「甚麼雄鷹小隊？明明是一群菜鳥！」楊團長說完這句話後，便憤怒地切斷了通話。然後，他下達命令，要求步兵不惜一切代價拿下敵人的陣地。

勇猛的步兵戰士接到命令後，從塹壕裏、彈坑中、土丘後，一躍而起，拿着他們的步槍，在步兵戰車的掩護下，冒着槍林彈雨和呼嘯而來的炮彈，向敵人的陣地發起不畏生死的衝擊。

在空中，不僅是任飛行，雄鷹小隊的其他人也聽到了楊團長那句刺耳的話。那句話深深地刺痛了少年們的心，對他們來說，「菜鳥」二字是莫大的恥辱，不，應該是羞辱。他們本以為打掉了敵人前線的幾個目標，就變成了大英雄，卻沒想到在步兵戰友的心目中，他們不僅不是英雄，反而是不折不扣的狗熊。

「我們不是菜鳥，也不是狗熊！」帥克憤怒地吼叫着，駕駛戰機朝「敵軍」陣地俯衝而去。

「戰鷹，快回來！」任飛行見狀大喊。

帥克根本不理會任飛行，而是繼續駕駛戰機向「敵軍」陣地俯衝，並向「敵軍」陣地發射火箭彈。可是，此時的「敵人」都已經進入工事隱蔽，所以他白白浪費了彈藥。不僅如此，帥克駕駛的戰機已經被敵人的可攜式防空導彈悄悄鎖定。

「戰鷹，我命令你馬上回來。」任飛行憤怒地喊道。

「將在外，軍令有所不受。」帥克這小子耍起倔脾氣來，繼續朝「敵人」的陣地發起攻擊。

任飛行無奈之下只好駕駛戰機俯衝支援。雄鷹小隊的其他人也跟着降低飛行高度，大有英勇就義之勢。

帥克駕駛戰機朝地面俯衝，並發射火箭彈。「敵軍」的防空導彈射手從工事裏悄悄探出頭來，肩上扛着可攜式防空導彈發射筒。他鎖定帥克的戰機，果斷按下發射按鈕。一枚

防空導彈破筒而出，尾部噴着炙熱的火焰，直奔帥克的戰機飛來。

這是一枚紅外制導的防空導彈，主要用來攻擊中低空飛行的戰機。雄鷹小隊的戰機向下俯衝，正好進入這種導彈的攻擊範圍。

帥克已經被楊團長的羞辱衝昏頭腦，駕駛戰機瘋狂地朝地面掃射，以此來證明雄鷹小隊不是菜鳥，所以他根本沒有發現正有一枚導彈朝自己駕駛的戰機飛來。

嘀嘀嘀 ——

「獠牙」戰鬥機的預警系統發出警報聲，帥克這才被驚出一身冷汗，可是再想逃脫已經力不從心了。隨着一聲爆炸，帥克的耳機裏傳來一聲大喊：「戰鷹已經犧牲，退出戰場。」

這畢竟是一場「紅藍對抗」演習，所以「敵軍」，也就是藍軍發射的並非實彈，而是一種專門用來演習的模擬彈藥，所以帥克駕駛的戰機並未真的被擊毀，但他卻被宣佈為機毀人亡。

緊接着，白頭翁、黃雀、雨燕，相繼被宣佈戰死，空中只剩下任飛行和楊大龍的兩架戰機了。他們之所以能僥倖逃脫，是因為及時讓戰機爬升到了高空。

不僅空中的戰機損失慘重，地面的步兵部隊也接到了演習指揮部的通報：「對抗演習結束，藍軍獲勝。」

接到通報，劉參謀長將頭盔摘下來狠狠地摔在地上。「窩囊，真是太窩囊了。明明有一個好的開端，結果卻被藍軍反敗為勝，我們成了敗軍。」

楊團長卻一反常態，不像剛才那樣瘋狂了。「是啊，如果這次不是對抗演習而是實戰，我軍不但不能奪回失地，反而會損失慘重。不過，這並不是一件壞事，因為這次對抗演習讓我們更清晰地認識到了自己的不足。」

「我們有甚麼不足？」劉參謀長吼道，「我們的步兵戰術運用合理，戰士勇猛無敵，都是空軍的支援火力掉鏈子，所以才造成步兵的衝擊受阻。」

「你說得對，但並不全面。」楊團長分析道，「現代戰爭是陸海空的協同作戰，需要各兵種指揮官之間協同指揮各種力量，步調一致地進行戰鬥。這便是我們所欠缺的。也就是

說我們的裝備雖然更新很快，但指揮官的思維方式卻沒有跟上形勢。」

劉參謀長不說話了，他知道這次戰鬥的失利也不能完全歸咎於空軍的火力滯後，步兵也有責任，那就是沒有制定出合理的作戰方案，所以空軍才沒有派出遠端轟炸機。

此時，雄鷹小隊已經駕駛戰機返航。他們將戰機駛入山體工事的機庫，默不作聲地回到地下四層的休息室。

楊大龍靜靜地躺在牀上，旁邊放着飛行頭盔，耳邊縈繞着楊團長那句話：「甚麼雄鷹小隊？明明是一群菜鳥！」

一群菜鳥！一群菜鳥！一群菜鳥！……

恥辱，莫大的恥辱；自責，無止境的自責；怒火，滿腔燃燒的怒火……

各種情緒反覆交替地困擾着雄鷹小隊的每一名隊員，和他們的教官任飛行。

國防小講堂

可攜式防空導彈

在對抗演習中，藍軍發射的一枚可攜式防空導彈將帥克的戰機擊落，這種導彈又稱為「肩扛式防空導彈」，也就是說它可以由一個人扛在肩上發射。

可攜式防空導彈通常使用紅外制導，也就是通過追蹤飛機的發動機釋放出的熱量來追蹤飛機。它主要用於對付中低空飛行的飛機與直升機，也可以用來攔截巡航導彈。

世界上比較著名的可攜式防空導彈有：中國的「前衛」系列、「紅纓」系列；美國的「飛火」系列；俄羅斯的 SA-18；法國的「西北風」。

第十五章

知恥後勇

LOADING...

　　聞過而終禮，知恥而後勇。也許今天的失敗並不是壞事，絕不能垂頭喪氣，否則雄鷹小隊的隊員們便會萎靡不振。想到這裏，任飛行立即通知雄鷹小隊到作戰室集合。

　　通過休息室的揚聲器，雄鷹小隊全體成員都聽到了任飛行的呼叫。夏小米和關悅正坐在牀上，誰也不說話。聽到教官的命令，都站起身，有氣無力地向作戰室走去。

　　楊大龍和歐陽山峰也推開門朝外走，唯獨帥克躺在牀上，動也沒動。「帥克，快走啊！」歐陽山峰已經走出門口，回頭喊道。

　　帥克連眼皮都不抬一下，聲如蚊蚋：「我有甚麼臉去見教官？要不是我帶頭衝下去，大家也不會死得那麼慘。」

「這叫甚麼話？」歐陽山峰怒了，「勝敗乃兵家常事，不能以一次成敗論英雄。你快起來，不然我可要收拾你了。」

「你憑甚麼收拾我？」帥克也惱了，「你是教官，還是首長啊？難道你會蛤蟆功，我就怕你不成？」

歐陽山峰本是好意，卻沒想到帥克竟不領情。「狗咬呂洞賓——不識好人心。」歐陽山峰狠狠地摔上門走了。

任飛行已經在作戰會議室裏等雄鷹小隊了。其他人陸續都來了，唯獨不見帥克。歐陽山峰把剛才發生的事情向任飛行描述了一遍。任飛行本想發火，但是忍住了。他通過傳呼系統再次呼叫帥克，幾分鐘後，帥克才拖拖拉拉地來到作戰室。

「你知道羞愧是好事，因為有了羞愧之心，才有去改過自新的勇氣。一個人如果連羞愧之心都沒有了，他也就不會再去改變自己，更不會迎難而上。」任飛行對帥克說。

不管任飛行說甚麼，帥克都是低着頭一言不發。任飛行無奈之下只好不再理他，開始分析今天的戰鬥。他認為今天的戰鬥之所以失敗，原因有以下幾個方面：第一，他們與步兵之間缺乏協同方案；第二，雄鷹小隊的戰鬥經驗不足，只是從空軍的角度出發，而沒有從空地一體戰的角度派出戰機；第三，他這個教官指揮不得力，不合格。

「從今天開始，我們要苦練空地協同戰術，尤其是各種機型的駕駛與戰鬥方法。」任飛行最後說，「雄鷹小隊的培

養目標就是要成為一支全能的戰鬥小隊，所以我們要敢於挑戰自己，迎難而上。」

聽了任飛行的分析與鼓勵，雄鷹小隊全體隊員的熱情再次被點燃。他們目光如炬，拳頭握得像鐵錘，齊聲吶喊：「迎難而上，挑戰自我，雄鷹展翅！」

戰鷹飛翔，披上太陽的金光

巡邏藍天，放眼祖國的河山

天蒼蒼，野茫茫

海藍藍，山疊嶂

⋯⋯

一飛衝天，呼嘯如雷電

戰機翻滾，任我放聲笑

空中過招

利劍出鞘

定讓敵人無處逃

⋯⋯

任飛行帶頭唱起了雄鷹小隊的隊歌 ——《戰鷹之歌》。帥克的代號就是戰鷹，這首歌就像專門為他寫的。他被歌聲感染，放聲高唱，一掃低落的情緒。

當兵不習武，不算盡義務；武藝練不精，不是合格兵。

對於雄鷹小隊來說，他們的武藝就是駕駛戰機，要練精這門武藝，卻不僅僅是學會如何駕駛戰機，還要學會空中格鬥戰術，以及空地協同的戰法。

自從紅藍對抗演習失利後，雄鷹小隊在任飛行的帶領下苦練武藝。他們不僅要掌握一種機型的飛行與戰鬥技能，還要熟練駕駛空軍的所有機種和機型，成為全能的空軍戰鬥人員。

一個月過去了，雄鷹小隊在任飛行的帶領下刻苦訓練，已經能輕鬆駕馭空軍的各種機型。他們還經常到步兵一團觀摩步兵的陸上行動推演，向劉參謀長和楊團長虛心請教。本來，劉參謀長對雄鷹小隊已經失望，甚至向空軍的雷司令請求換成其他的戰機飛行編隊與他們協同作戰。

雷司令也猶豫過，但最終還是決定再給雄鷹小隊一段時間。經過這段時間的訓練，以及與步兵部隊的磨合，無論是空軍首長，還是陸軍的指揮員對雄鷹小隊都刮目相看了。他們雖小，但能吃苦，好學習，最關鍵的是一學就會。

一天，邊境的軍事基地又在進行一場空地協同的紅藍對抗演練。這次演練的規模可謂前所未有，而且竟然面向全球公開。很顯然，這是一場威懾性的軍事演練，意在讓敵軍知難而退。

軍方為何在此時舉行這場陸空聯合演練呢？這是因為敵我雙方的邊防軍隊在邊境對峙一段時間後，局勢不但沒有緩

解，反而愈來愈緊張了。據情報顯示，敵軍的一個機械化步兵師正在全速向邊境集結，並在靠近邊境的位置展開成戰鬥隊形。軍方一看這架勢，就知道敵軍已經做好戰鬥前的準備了。

「預計敵軍的機械化步兵師會以坦克洪流發起衝擊，打算以閃擊戰的方式一舉攻佔邊境的重鎮，然後再以守為攻，跟我國談判。」在參加軍方的高級軍事會議時，列席的雄鷹小隊聽到高層將領這樣分析。

如今，雄鷹小隊的隊員們知道這場戰爭是不可避免的了。既然要打，就要打得乾淨俐落，讓敵軍沒有還手的餘地，只能夾着尾巴逃跑，這樣他們才能從邊境撤退。用雷司令的話來說，要打就必須讓敵軍骨斷筋折，至少十年不敢再來挑釁。

這場大規模的演練以防禦為主，也就是我軍在邊境組織防禦，而假想的敵人則企圖攻佔邊境。雄鷹小隊的任務是從空中攔截「敵軍」的坦克部隊。首先，雄鷹小隊要對來襲的敵軍進行偵察，而採用的手段則是放飛一架戰場無人偵察機。

這架無人偵察機起飛後，雄鷹小隊的少年們顯得並不緊張，因為他們知道這只是一場接近實戰的演習。事實卻出乎他們的意料，這場演練在中途竟然變成了一場實戰。

國防小講堂

無人偵察機

雄鷹小隊放飛了一架無人偵察機，用它來偵察敵軍的動向。如今，使用無人機進行偵察已經成為比較普遍的手段。

無人偵察機可以分為戰略偵察機和戰術偵察機。戰略偵察機的航程遠，滯空時間長，主要執行遠端戰略偵察任務。比如美國的「全球鷹」無人機，最大航程為 28,000 多公里，可以自主飛行 40 多個小時，在目標區上空懸停的高度可達 5,000 多米。即便在如此高的空中，它也可以穿透不良天氣或夜幕，對目標區進行大面積偵察。戰術偵察機主要用於戰場偵察，也就是觀察小範圍內的敵軍動態。比如美軍的「捕食者」無人機，在 4,000 米的高度可以分辨地面 0.3 米的物體，對目標的定位精度為 0.25 米。它甚至裝備了兩枚「地獄火」導彈，可以對地面目標發起攻擊。

第十六章
「東方女神」

LOADING...

　　一架身形小巧的無人偵察機從軍事基地起飛，它的綽號是「東方女神」。控制這架無人機飛行的是雄鷹小隊的關悅。以前，她一直想不明白這架無人偵察機為何被稱為「東方女神」，可如今卻悟出來了。

　　確切地說，「東方女神」不僅僅是一架戰場無人偵察機，更是一套遠端空中偵察系統，包括一架無人機、一套地面控制設備和一個被稱為「米洛斯」的資料分析系統。

　　「你們看，它身材修長，飛行姿態優雅，還真的像一位空中女神。」歐陽山峰指着地面控制設備上傳回的飛行畫面說。

　　關悅一邊控制「東方女神」飛行，一邊用眼角餘光瞄

了歐陽山峰一眼，說：「它的綽號就是你們男兵起的吧？真無聊！」

「你算說對了，『東方女神』的綽號就是我們男兵起的，難道你不覺得恰如其分嗎？」歐陽山峰反問。

「哼！」關悅冷笑一聲，「一點也不覺得，你們的品位不敢恭維。」

歐陽山峰還要反唇相譏，卻發現螢幕上傳來了令人驚心動魄的一幕。「東方女神」正以每小時 120 公里的速度飛行在距離軍事基地 300 公里之外的 5,000 米高空，而它的「千里眼」，也就是機載的高解析度攝像頭已經拍攝到了敵軍的動向，並將數據傳回軍事基地。資料經過「米洛斯」分析系統解算後，呈現在顯示幕上。

「敵軍的先頭部隊至少有一個合成營的兵力。」看著螢幕上的圖像，楊大龍分析道，「最前面是一個坦克連，後面是兩個機械化步兵連，最後方還有一個防空導彈排隨行掩護。」

話剛說到這裏，螢幕上的圖像突然消失了，取而代之的是快速閃爍的無數斑點。

「這是怎麼回事？」帥克焦急地問。

「這都看不出啊？虧你還是和我一個小隊出來的。」夏小米輕蔑地看了帥克一眼，「『東方女神』已經被敵人的地面防空部隊發現，並被他們擊落了。」

「甚麼，『女神』被擊落了？」歐陽山峰遺憾地說，「只不過是對抗演習而已，藍軍還真的會把『東方女神』擊落嗎？」

關悅一言未發，雙手在鍵盤上快速敲擊，正在保存「東方女神」被擊落瞬間的重要資料。也就在此時，軍事基地的警報聲突然響起，雄鷹小隊的單兵電台裏傳來雷司令的喊聲：「雄鷹小隊注意，立即出擊，攔截敵軍的地面部隊。注意，這不是藍軍的部隊，而是真正的敵軍部隊。」

「甚麼？真正的敵軍部隊？」雄鷹小隊的隊員們都呆住了，不過片刻的遲疑後，他們齊聲答道：「是！雄鷹小隊保證完成任務。」

接到命令後，雄鷹小隊全體隊員立即穿好飛行服奔向機庫。經過前一段時間的訓練，雄鷹小隊的分工已經明確：夏小米駕駛「白天鵝」轟炸機，擔任轟炸地面目標的任務；楊大龍和歐陽山峰則分別駕駛「獠牙」戰鬥機，負責空中護航；帥克駕駛「閃光」攻擊機，負責對地攻擊；關悅駕駛「E80」電子偵察機在後方跟隨，負責空中預警。作為教官，任飛行將不再參加雄鷹小隊的戰鬥，他認為放手的時機已經成熟了。

「白天鵝」轟炸機已經在機場跑道上滑行，遠遠望去，在機頭拉起的瞬間，宛如一隻展翅起飛的美麗天鵝。它機身扁平，翼展寬長，頭小尾尖，雷達反射截面只有一隻麻雀那

麼大，是當之無愧的高空隱形轟炸機。

在「白天鵝」轟炸機的左後方和右後方分別是楊大龍和歐陽山峰駕駛的「獠牙」戰鬥機，它們是轟炸機的御前帶刀護衛，一旦發現敵機出現，就會主動飛上前去與其展開空中廝殺，以保證轟炸機順利突防。

「黃雀，黃雀，我是戰鷹，收到請回覆。」跟在戰鬥機後面的攻擊機飛行員帥克呼叫道。

收到帥克的呼叫後，夏小米有些厭惡地回應：「戰鷹，你又要耍甚麼花招？」

「知我者，黃雀也！」帥克就差在駕駛座艙裏搖頭晃腦了，「一會兒到達敵軍上空的時候，坦克連由我負責攻擊，其他的歸你。」

「這還用你說？基本的對地攻擊戰術我還是懂的。」說着，夏小米加快了轟炸機的飛行速度。

「對地攻擊戰術你肯定是懂的，」帥克還沒有說完，「不過你是紙上談兵的高手，我怕你臨陣慌亂，稀里糊塗地就把炸彈全都投下去了。」

帥克並非出言無據，在原來的少年軍校裏，夏小米有「王語嫣」之稱。王語嫣是誰？她是金庸筆下的人物，擅長背誦各大門派的武功祕笈，但是自己卻不會一招一式。夏小米也是如此，從孫子到克勞塞維茨，從《三十六計》到《戰爭論》，她同樣倒背如流。不過，一到實戰應用的時候就有

125

些無所適從了。

夏小米知道帥克又在揭自己的老底，便生氣地說：「別哪壺不開提哪壺，我已經今非昔比了。你走着瞧吧！」

苦練多日之後，雄鷹小隊展翅飛翔，個個摩拳擦掌，都想大顯身手。可是，敵人也不是坐以待斃的無能之輩，他們的防空雷達早已搜索到空中來襲的戰機，並做好了應戰準備。

敵軍指揮官派克少校下達命令，部隊立即停止前進，在道路兩旁的叢林中疏散隱蔽。轉眼間，剛才還在成一路縱隊前進的浩蕩之師便分散成零星的單元，疏散在密林中了。不僅如此，敵人的地面防空導彈排已經豎起導彈發射架，正在靜悄悄地等待着雄鷹小隊送上門來。

「紙上得來終覺淺」，雄鷹小隊缺乏實戰經驗，難免會被敵軍暗算。發現敵軍動向的艱巨任務落在了關悅身上，她駕駛的「E80」電子偵察機正在緊密地搜索敵軍的資訊。

這架電子偵察機有一個大鼻子頭，裏面別有洞天。它位於機頭前方，實際上是一個雷達罩，裏面是洞察千里的雷達。

關悅駕駛「E80」電子偵察機時刻搜索着敵軍的資訊。突然，在雷達螢幕上出現一個快速閃爍的光點，她不由得大喊一聲：「不好，敵軍的導彈來襲。」

在另外幾架戰機裏，其他人同時聽到了關悅的喊聲，紛

紛警惕起來。很明顯，導彈是直奔最前面的轟炸機飛去的。夏小米趕緊使飛機爬升，企圖逃脫導彈的攻擊。可是，這枚導彈的飛行速度遠遠超過「白天鵝」轟炸機，轉眼間就要將其擊中了。

說時遲，那時快，楊大龍果斷地發射了一枚空對空導彈，想將敵軍發射的導彈攔截在空中。導彈與導彈的交鋒，不是你死我活，而是同歸於盡。隨着一聲巨響，兩枚導彈在空中爆炸，分散的碎片如流星雨般落向地面。

危機並沒有解除，敵人的第二枚、第三枚導彈已經相繼飛來，其中一枚突破防線抵達「白天鵝」轟炸機附近。它不需擊中轟炸機，只需在其附近爆炸，便可以憑藉碎片將轟炸機擊傷，從而使其墜落。

轟炸機雖滿腹炸彈，卻無空中格鬥的能力，只能逃之夭夭。若是逃跑不成，必定粉身碎骨。眼看着夏小米駕駛的轟炸機就要被導彈擊中，可急壞了她的老隊友帥克。

「黃雀，快施放誘餌彈。」帥克大喊一聲。他想，夏小米依舊是紙上談兵的高手，此時竟然忘記了救命的絕招。

聽到帥克的呼叫後，夏小米來不及回應，只顧着機械地按下面前的一個按鈕。只見轟炸機周圍立刻綻放出耀眼的強光，晃得帥克睜不開眼睛。緊接着，帥克聽到一聲巨響，他知道那是導彈爆炸了。

夏小米駕駛的轟炸機被擊中了嗎？他還無從得知！

國防小講堂

機械化步兵

敵軍的機械化步兵部隊突然對我國邊境發起攻擊，雄鷹小隊緊急出動，從空中對其進行打擊。

機械化步兵是指乘坐車輛，尤其是履帶式裝甲車輛實施機動和作戰的步兵。在戰鬥中，通常採用坦克在前衝擊，步兵戰車在後面跟進的協同作戰方式，邊衝邊打。在戰鬥最激烈的時刻，步兵會下車支援坦克戰鬥，徒步衝向敵人的陣地，完成衝擊突破的任務。

機械化步兵是陸戰之王，一個國家的陸軍是否強大，主要看機械化步兵的裝備和作戰能力。我們國家的機械化步兵發展迅速，已經成為陸軍的主戰力量，捍衛祖國領土的鋼鐵長城。

第 十 七 章

滅頂攻擊

LOADING...

　　帥克被耀眼的強光刺得睜不開眼，他擔心夏小米駕駛的轟炸機已經被擊中，不由得大喊道：「夏小米 ——」帥克的聲音拉得很長，好像生死離別一般。

　　「吼甚麼吼？我又沒死。」帥克的耳機裏傳來夏小米的聲音，依舊是那熟悉的霸道語氣。

　　「謝天謝地！」帥克吁出一口氣，「如果你死了，我豈能獨活？」

　　「呸！」夏小米的聲音清脆響亮，震得帥克耳朵嗡嗡響，「你少廢話，做好對地攻擊的準備。」

　　帥克駕駛的是攻擊機，因此他這次主要負責對地面的裝甲目標進行攻擊。此時，夏小米已駕駛「白天鵝」轟炸機升

入萬米高空，繼續向敵軍縱深飛去。剛才，轟炸機施放的誘餌彈起了作用，使夏小米和她駕駛的轟炸機逃過一劫。

楊大龍和歐陽山峰仍舊駕駛「獠牙」戰鬥機為轟炸機護航。它們要飛到敵軍的縱深，摧毀敵軍的軍用機場，致使敵軍的戰機無法起飛和降落。

「已經發現敵軍先頭部隊的隱藏地點。」駕駛電子偵察機的關悅正在向其他人傳達情報，「敵軍的先頭部隊隱藏在205高地山腳下的樹林裏。」

之所以能找到敵軍隱藏的地點，還要感謝「東方女神」無人偵察機。通過電子眼，關悅發現了「東方女神」的殘骸靜靜地躺在205高地的山頂，由此可以判斷，「東方女神」就是在附近的空域被擊落的，而敵人也走不遠。順藤摸瓜，關悅很快便發現了山腳下的樹林裏有異常。雖然敵軍的武器裝備和人員都進行了嚴密的偽裝，但是紅外電子眼還是發現了強大的紅外源，那是一輛沒有熄火的坦克發出的。

「雨燕，你的情報太及時了。」楊大龍回應道，「我們先來個順手牽羊，把炸彈倒給他們一些。」

「翼龍，你的建議不錯。」夏小米說，「我馬上執行！」

此時，夏小米駕駛的轟炸機恰好飛行到那片樹林的上空。她按下面前的控制按鈕，轟炸機的彈倉打開，一枚枚炸彈傾瀉而下。這些炸彈可不是普通的炸彈，而是專門用來攻擊坦克頂部的鐳射制導炸彈。

只見，一枚枚炸彈從萬米高空墜落，從地面看去，剛開始時只是一個黑點，接着黑點變成了雞蛋大小，隨後又變成了西瓜大小。敵軍的士兵可是眼睜睜地看着炸彈往自己的頭上落下！多麼強大的內心在此時也會徹底崩潰。

突然，墜落的炸彈在幾百米的高空發生了爆炸。不過它們並不是因為意外而提前引爆，而是因為它們爆炸後會從「肚子」裏分離出一枚枚的小炸彈，真正要對付敵人的是這些小傢伙。

更有意思的是，這些小炸彈都背着一頂小降落傘，它們慢悠悠地下降，好像在搜尋樹林裏的敵人。它們發現目標後，便會突然加速，一頭撞過去。

轟轟 ——

隨着一聲聲巨響，一枚枚小炸彈撞到坦克的頂部炸開了花。短短幾分鐘，敵軍的坦克就損失過半。敵軍指揮官派克少校慌忙命令隨行的防空導彈排對空中發起攻擊。

其實，不用派克命令，防空導彈排的排長早就在搜尋目標，準備反擊了。可是，防空導彈的偵察車卻莫名其妙地失靈了，雷達無法接收到反射回來的信號，也就無法指引導彈飛行的方向。

敵人的防空導彈之所以失靈，是因為關悅施了魔法。當然，她並沒有變成魔術師。確切地說，施魔法的是關悅駕駛的電子偵察機。在這架飛機上有一套大功率的電子干擾設

備，也就是這套設備釋放出了強大的電磁干擾信號，所以才使敵軍的防空導彈系統失靈了。

夏小米一股腦兒投下一批炸彈後，呼叫帥克：「戰鷹，剩下的殘兵敗將就交給你的攻擊機了，我們還要留着更多的炸彈去摧毀敵人的軍用機場呢！」

「算你有良心，還知道給我留點。不然，我豈不是白來一趟？」帥克駕駛攻擊機俯衝而去。

敵軍指揮官派克知道已經暴露，只好指揮部隊衝出樹林，加快速度向我國的邊境發起攻擊。一輛坦克剛剛衝出樹林，就被一枚從空中發射而來的導彈擊中，趴在樹林的邊緣不動了。

「戰鷹，幹得好！」關悅誇讚道。

「這只是初試牛刀，重頭戲在後面呢！」帥克帶點驕傲地說。接着，他又發射了一枚導彈，但過於掉以輕心，致使這枚導彈擦着坦克飛過，白白浪費了。

「剛誇你一句就翹尾巴！」關悅叮囑道：「戰鷹，你一定要全力以赴，不然被擊毀的不是敵人的坦克，而是你的攻擊機。」

帥克不敢再掉以輕心。敵人的高射炮和高射機槍瘋狂地向帥克的攻擊機射擊，帥克不敢再俯衝，只能重新爬升到安全的高度。

我軍的地面部隊已經在邊境線做好戰鬥準備。楊團長早已接到前方的戰報，暗白誇讚雄鷹小隊真的變成了空軍的雄

鷹。要不是雄鷹小隊以空中火力阻擊敵軍的先頭部隊，此時兩軍的地面部隊已經交火了。楊團長知道，敵軍的炮兵火力和航空兵火力馬上就要覆蓋過來，因為這是傳統陸戰的基本戰法。他期待着雄鷹小隊能夠炸毀敵軍機場，讓敵人的戰機無法大規模起飛。這樣，他們就可以在相對小的威脅下，一舉擊潰來犯之敵了。

夏小米駕駛「白天鵝」轟炸機悄然飛向敵人的軍用機場。楊大龍和歐陽山峰則一左一右進行護航。關悅在幾百公里之外的空中負責偵察、預警和電子對抗。

就在接近敵軍軍用機場上空時，楊大龍突然接到關悅的通報：「翼龍，兩架敵軍的戰鬥機正向你們飛來。」

「收到！」楊大龍簡短地回覆，立即做好迎戰準備。

關悅的情報準確無誤，很快，楊大龍和歐陽山峰就都發現了來襲的敵軍戰鬥機，他倆幾乎同時呼叫夏小米：「黃雀注意，加速爬升！」

夏小米接到通報後，駕駛轟炸機繼續爬升，很快上升到一萬五千米的空中。楊大龍和歐陽山峰則駕駛戰鬥機加快速度，飛行到轟炸機前方，高度為一萬米，迎面攔截敵軍的戰機。

狹路相逢勇者勝。戰鬥機與戰鬥機的空中較量，就好比兩個拳擊手在拳擊台上的搏殺，只能用「勁爆」二字形容。但與拳擊比賽不同，這是一場生死之戰！

國防小講堂

鐳射制導炸彈

夏小米駕駛的轟炸機投擲出鐳射制導炸彈，使敵軍的坦克和裝甲車損失慘重。與傳統的炸彈不同，鐳射制導炸彈會在機載鐳射照射器的指引下，精準地擊中目標。鐳射制導如同給炸彈安裝了「大腦」和「眼睛」，就像獵人放出的獵狗，會緊緊地盯着野兔，追着它不放，直到將其捕獲。

鐳射制導炸彈，或說是鐳射武器，也有致命的缺點。複雜的氣象條件，如煙霧、雨雪、沙塵等都會使鐳射的能量衰減，從而影響鐳射制導武器的精度。當然，專門對付鐳射武器的鐳射致盲器也是它的剋星。

第 十 八 章

決戰空中

LOADING...

　　敵軍的兩架戰鬥機迎面而來，目的是攔截夏小米駕駛的「白天鵝」轟炸機。負責護航的楊大龍和歐陽山峰自然不會讓敵人得逞。

　　「白頭翁，你對付左邊那架，我對付右邊那架。」楊大龍呼叫道。

　　歐陽山峰的眉毛輕輕一挑，胸有成竹地說：「翼龍，今天是我們一展雄風的大好時機，雄鷹小隊要想在軍中揚名立萬，可全靠此戰了。」

　　楊大龍自然知道這個道理：此戰若勝，雄鷹小隊名揚四海；此戰若敗，雄鷹小隊將再也抬不起頭。「不成功，便成仁！」想到這裏，他狠狠地說。

敵人的「陣風」戰鬥機已經迎面飛來。「先下手為強，後下手遭殃」，這是空戰中不變的真理。當然，誰先下手取決於兩個主要因素：第一，誰先發現對方；第二，誰的機載武器射程更遠，精度更高。

　　此時，想必敵機已經發現楊大龍和歐陽山峰的戰鬥機了，否則他們也不會迎面而來。楊大龍判斷敵機之所以遲遲沒有開火，是因為我方的戰機還在他們的機載導彈射程之外。

　　「黃雀，你快駕駛轟炸機全速飛行，這裏就交給我們吧。」歐陽山峰又對夏小米喊。

　　夏小米已經駕駛轟炸機上升到一萬八千米的高空，並以最大飛行速度向前疾飛。根據情報顯示，敵軍的大部分戰機已經從空軍基地起飛，準備以空中火力支援他們的地面部隊發起攻擊。雷司令已經命令我軍的空軍主力戰機從山體工事中大批起飛，將與敵軍戰機展開一場前所未有的大空戰。

　　此時，敵軍的空軍基地只有少量戰機，這也是雷司令派出雄鷹小隊去偷襲敵軍空軍基地的原因。兵法中有一策，名曰：釜底抽薪。雄鷹小隊的任務就是將敵軍的機場跑道炸毀，令其還未起飛的戰機無法支援前線，而前線需要返航補充彈藥的戰機則無法降落。所以現在雄鷹小隊最緊急的任務是炸毀敵人的機場，而重擔則壓在了夏小米的肩上。

　　楊大龍駕駛「獠牙」戰鬥機已經和敵軍的「陣風」戰鬥

機相向飛行，此時，敵機已經進入「獠牙」戰鬥機的攻擊範圍。楊大龍想速戰速決，這樣才能繼續為夏小米的轟炸機保駕護航，所以他鎖定目標，毫不猶豫地按下導彈發射按鈕，一枚「火烈鳥」空對空導彈從機翼的掛架上噴射而出。

「火烈鳥」空對空導彈是遠端攔截導彈，可以攻擊上千米以外的空中目標。它靠雷達制導，所以技術難度更大一些。

雖然關悅遠在楊大龍的戰機幾十公里之外，但是她駕駛的電子偵察機卻對前方的戰況瞭若指掌。通過先進的預警與偵察系統，關悅不停地為「獠牙」戰鬥機提供精確的敵方資料。

「火烈鳥」導彈已經逼近敵人，同時楊大龍也在駕駛「獠

牙」戰鬥機向敵機靠近。一旦「火烈鳥」導彈沒有擊中敵機，他便會補射一枚近距離格鬥導彈。

敵機的預警裝置早已發出警報，飛行員面對飛來的「火烈鳥」導彈臨危不亂。其實，他早就發現了「獠牙」戰鬥機，只不過「陣風」戰機只裝備有中程攔截導彈和近距離格鬥導彈，所以他心有餘而力不足，只能等「獠牙」再靠近些，才能發起攻擊。

「火烈鳥」導彈愈逼愈近，敵機突然向右急轉，想甩開來襲的導彈。然而「火烈鳥」可不是那麼容易被甩掉的，它如影隨形，也跟着向右轉彎，在空中劃出一道完美的弧線。

「火烈鳥」導彈的飛行速度高於「陣風」戰鬥機，所以轉彎之後它距離敵機更近了。只不過，轉彎之前二者是相向飛行，而轉彎後「火烈鳥」則變成了同向而行的追擊運動。

敵人的「陣風」戰機開足馬力，發動機的噴管噴射出可以熔化金屬的火焰，發出響徹天際的嘶吼聲。疾速的飛行致使加速度瞬間提升，駕駛艙內的飛行員甚至不停地顫抖起來。

「火烈鳥」導彈死死地咬住「陣風」戰機不放，勢必要將其擊中，令其粉身碎骨。「獠牙」戰鬥機也在全速飛行，於後方追趕敵機。楊大龍看到就在「火烈鳥」導彈即將擊中敵機的瞬間，敵機卻突然爬升，來了一個經典的「眼鏡蛇機動」。

　　「不愧是經典戰機。」楊大龍不由得讚歎道。就在他發出讚歎的同時，敵機已完成空中翻轉，而「火烈鳥」導彈則從它的下方飛過，再也無法掉頭飛回來了。楊大龍知道這枚導彈將在射程的盡頭自行爆炸，變成無數的碎片向地面散落。

　　微妙的事情發生了：敵機翻轉之後又出現了與「獠牙」戰鬥機迎頭相對的局面。見此情景，楊大龍便知道敵軍的

飛行員是位空中戰鬥經驗豐富的王牌飛行員。的確如楊大龍所判斷的那樣，「陣風」戰鬥機的飛行員深知己方的導彈在射程和精度上不佔優勢，所以才採取了誘敵深入的戰術。此時，他駕駛「陣風」戰機以最大的飛行速度迎面朝楊大龍的「獠牙」戰鬥機飛來，同時開啟航炮，朝楊大龍的戰機瘋狂射擊。

「陣風」戰機裝備的航炮射速可達每分鐘五六千發，該航炮位於機頭下方，所以在用航炮攻擊前，戰機最好佔據高度優勢。「陣風」戰機完成空中翻轉後，恰好位於楊大龍駕駛的「獠牙」戰鬥機上方，所以已經佔據了空中優勢。

嘟嘟嘟——

炮彈如天空中滑落的流星，拖着火焰射向楊大龍的戰機，似乎要把它包裹在其中。別說被彈雨擊中，就是被其中一發炮彈擊中，楊大龍的戰機也會被摧毀。情急之下，楊大龍猛地使戰機爬升。此時，戰機的性能是否優異，將直接決定他的生死。

還好，楊大龍的戰術運用合理，且「獠牙」的機動性能卓越。這要歸功於它的大推力渦輪風扇發動機和非同尋常的氣動外形。死裏逃生之後，楊大龍的戰機終於在空域上佔據了優勢。

此時，他應該毫不留情地開動航炮對敵人的戰機發起攻擊。可就在他要按下發射按鈕的時候，莫名其妙的畫面又在

他的腦海中出現了 ——「獠牙」戰鬥機頭朝下呈螺旋狀急速墜落，楊大龍的眼前一片黑暗，胡亂地拍打着面前的操作面板。

就在楊大龍的大腦被恐懼的畫面所佔據時，敵人已經抓住戰機，準備發起第二輪的攻擊了。也許下一秒，楊大龍腦海中的畫面將不再是幻想，而是會變成真實的體驗。

國防小講堂

航炮

敵機用航炮向楊大龍的戰機發起了猛烈攻擊。航炮是航空機炮的簡稱，是飛機或直升機上裝備的口徑大於或等於 20 毫米的自動發射武器，它能自動完成開膛、抽殼、拋殼、進彈、擊發等一系列射擊動作。

航炮的有效射程一般為 2,000 米。現代航炮主要有單管轉膛炮、雙管轉膛炮和轉管炮等。所謂轉膛炮就是彈膛旋轉的火炮，即在射擊過程中炮管不轉，只是幾個彈膛依次旋轉到對準炮管的發射位置，然後進行發射，和左輪手槍的射擊原理差不多。

第十九章
急速墜落

LOADING...

　　莫名其妙的墜機畫面不止一次出現在楊大龍的腦海中，如影隨形，揮之不去。

　　「翼龍，你在想甚麼？」突然，楊大龍的耳機裏傳來歐陽山峰的喊聲。

　　此時，歐陽山峰正在與另一架敵機交戰。在空中轉彎之際，他看到楊大龍駕駛的戰機出現了異常，於是焦急地大喊。

　　楊大龍被歐陽山峰的喊聲驚醒，用力晃了晃腦袋，這才發現敵機已經爬升到與自己水平的高度。他下意識地按下航炮的發射按鈕，六管航炮旋轉着齊射出密集的炮彈。

　　炮彈出膛之後，呈發散狀朝敵機飛去，轉瞬間已散佈成

一個巨大的圓圈。敵機恰恰被籠罩在圓形的彈雨區域中，接連中彈。隨着一陣顫抖，折翼的敵機頓時失去控制，在空中側滾起來，尾部噴出滾滾濃煙，翻着跟斗向地面栽去。

楊大龍長吁了一口氣，額頭上的汗水順着臉頰向下流淌。「很危險！」他情不自禁地說，「白頭翁，要不是你的喊聲，此時掉下去的就該是我了。」

「少廢話，別再分神。」歐陽山峰一邊與敵機纏鬥一邊回應，「你快去追趕夏小米，她的處境不容樂觀。我幹掉這個討厭的傢伙，隨後就到。」

楊大龍本想去支援歐陽山峰，和他共同對付那架敵機，但是，歐陽山峰的話提醒了他，此時更需要保護的應該是夏小米駕駛的轟炸機。況且，這次行動的任務是摧毀敵人的軍用機場，如果夏小米的轟炸機遇險，豈不是無法完成任務？敵人的軍用機場如果沒有被摧毀，敵機就會依次起降，去支援前線的地面部隊，那樣的話，就很難在短時間內挫敗敵人的進攻了。

想到這裏，楊大龍駕駛「獠牙」戰鬥機朝夏小米的轟炸機追去。此時，夏小米已經駕駛轟炸機來到距離敵軍機場只有兩百餘公里的上空。

由於敵機已經大部分飛出，正在前線支援地面部隊的進攻，所以機場上的戰鬥機所剩無幾。不過，敵軍還是派出三架戰機前來攔截。

轟炸機雖然滿腹炸彈，是個空中的彈藥庫，但卻幾乎沒有空中格鬥的能力，所以如果敵軍逼近，夏小米的轟炸機注定會被擊中。轟炸機被擊中，彈艙中的炸彈自然會被引爆，到時候空中就會發生一場驚天動地的爆炸。

發現敵機前來攔截，夏小米也有些慌了，急忙呼叫：「翼龍，請求支援。」

楊大龍駕駛「獠牙」戰鬥機已經追趕到距離夏小米的「白天鵝」轟炸機幾十公里遠的空域。他急忙回覆：「黃雀莫慌，使轟炸機繼續爬升，與敵機保持距離。」

夏小米按照楊大龍所說的去做。楊大龍之所以這樣要求，是因為他馬上就要發射中程空對空導彈了。夏小米的轟炸機與敵機拉開距離後，他發射的導彈才不會誤傷到夏小米。

「座標，83，65，攻擊！」楊大龍的耳機裏傳來關悅的聲音。遠在百餘公里之外，關悅的電子偵察機便確定了敵機的準確座標。

楊大龍與關悅是多年的戰友，默契指數足足五顆星。在接到關悅傳來的資料後，他毫不猶豫地輸入座標，並按下發射按鈕，這次從機翼下的導彈掛架上飛出了「蝰蛇」中程空對空導彈。與此前發射的「火烈鳥」遠端空對空導彈相比，這種導彈的飛行速度更快，空中機動性更好，當然也更精準。

楊大龍無法看到「蝰蛇」導彈在空中飛行的軌迹，但是雷達顯示器卻能顯示出它的飛行狀態。他駕駛「獠牙」戰鬥機繼續向夏小米的轟炸機靠近，並做好了攻擊第二個目標的準備。

　　再看看敵機的情況，其中一架敵機正要爬升，追趕夏小米駕駛的轟炸機。突然，戰機中發出嘀嘀嘀的預警聲，飛行員往雷達螢幕上一看，頓時嚇得魂飛魄散。原來，一枚導彈不知何時已經悄然飛到附近了。

　　慌亂之中，敵機的飛行員竟然無所適從，確切地說，他已經無力回天。那枚飛來的「蝰蛇」導彈在眨眼間張開了血盆大口，露出鋒利的毒牙，一口咬在了敵機上。

　　轟 ——

　　隨着一聲巨響，敵機在空中爆炸並解體，飛行員連跳傘逃生的機會都沒有，便和戰機一起在空中灰飛煙滅了。原來，「蝰蛇」導彈恰好擊中了敵機的油箱，而油箱的爆炸威力足以將戰機肢解。

　　一架敵機被擊毀，可另外兩架敵機卻仍在追趕夏小米所駕駛的轟炸機，馬上就要鎖定目標並發射導彈了。

　　楊大龍駕駛「獠牙」戰鬥機及時趕到，先是以一陣猛烈的航炮射擊將敵機吸引過來，然後向側面一轉，加速逃離。他的戰術很明確，那就是以佯攻解除敵機對夏小米的威脅。

　　一架敵機中計，朝楊大龍的戰機追來，而另一架敵機則

繼續追趕夏小米駕駛的「白天鵝」轟炸機。楊大龍無奈之下只好駕駛戰機再次朝另一架敵機追去，但這樣他就完全處於被動的局面，因為前後都有敵機，陷入了被前後夾擊的困境。

敵機見楊大龍被困，急於將其擊落，所以齊心協力對他展開攻擊。夏小米得以脫身，駕駛「白天鵝」轟炸機向敵軍機場上空飛去。如果順利的話，只需幾分鐘，她便可以將一肚子的反跑道炸彈傾瀉到敵軍的飛機跑道上了。

不過，夏小米知道她之所以能夠脫身，完全是因為楊大龍冒死相救，所以，她一直在擔心着楊大龍的處境。

夏小米的擔心並非多餘，此時楊大龍正在遭受敵軍兩架「陣風」戰機的夾擊。俗話說：雙拳難敵四手，好漢架不住人多。楊大龍的飛行技術再精湛，「獠牙」戰鬥機的性能再先進，也難以同時應對兩架敵機的近距離攻擊！

一架敵機用航炮朝楊大龍的戰機瘋狂射擊。楊大龍駕駛「獠牙」戰鬥機一邊躲閃，一邊還擊。就在此時，另一架敵機發射了一枚近程空中格鬥導彈。這種導彈的綽號為「飛火」，是近距離空中格鬥中的撒手鐧。

當楊大龍發現來襲的「飛火」導彈時，他已經無法擺脫被擊中的命運。人終有一死，或重如泰山，或輕如鴻毛。楊大龍自從踏入軍營的第一步，便深知從軍的危險，但他也知道正是因為有這樣一群人敢於為保衛國家和人民而戰，才能

使百姓生活在遠離硝煙的和平年代。

「獠牙」被擊中是在所難免了，但楊大龍還是要拼到最後，這是每一位我國軍人身上都具備的永不放棄的精神。他猛地一拉操縱桿，「獠牙」戰鬥機衝天而起，也就在這一剎那，飛來的「飛火」導彈擊中了「獠牙」戰鬥機的機尾。

「獠牙」戰鬥機頓時失去平衡，如同風中吹落的樹葉一般，劃着不規則的曲線，悲壯地頭朝下向地面栽去。

當「獠牙」戰鬥機向下急速墜落的時刻，楊大龍腦海中反而沒有出現曾無數次困擾他的墜落畫面。他的心態甚至是平和的，仿佛已將生死置諸度外。

國防小講堂

反跑道炸彈

夏小米駕駛「白天鵝」轟炸機，要把一肚子的反跑道炸彈傾瀉到敵軍的機場跑道上去。那麼甚麼是反跑道炸彈呢？

顧名思義，反跑道炸彈是為了破壞敵方的機場跑道而研發的。它的設計原理是在炸彈的尾部增加一個小型固體火箭，在超低空投放炸彈後，距離地面一定高度時，火箭點火，將炸彈像按圖釘一樣按進跑道後再引爆，摧毀跑道的混凝土表層，並形成難以修復的彈坑，以達到阻止敵方飛機起飛和降落的目的。

如今，各軍事強國都在研製垂直起降戰機，這種飛機對機場跑道依賴小，可以從平坦的地勢，包括艦船的甲板上起降。也許，這是對付反跑道炸彈最好的辦法。

第二十章
生死未卜

LOADING...

　　夏小米已經駕駛「白天鵝」轟炸機來到敵軍機場的上空。她還不知道楊大龍駕駛的「獠牙」戰鬥機已經被擊中，但冥冥之中卻有一種難以言說的預感。現在，最緊要的是把反跑道炸彈投下去，所以夏小米也沒心思多想。

　　投彈之前，夏小米先要降低飛行高度，這也是非常危險的。彈艙門自動打開，反跑道炸彈從彈艙裏源源不斷地下落，就像在下一場炸彈雨。

　　反跑道炸彈在即將落到地面時，尾部的火箭發動機向後噴射出火焰，使炸彈突然加速。炸彈一頭撞在堅硬的跑道上，在火箭發動機的推力下扎進跑道裏，然後發生爆炸。硬如鋼鐵的跑道被炸出一個個大坑，就像剛做了外科手術

一樣。

短短幾分鐘，敵軍的機場跑道便滿目瘡痍，不堪入目了。夏小米的臉上綻放出滿意的笑容，心想，敵軍的飛機再也無法起飛和降落了。

任務完成，夏小米掉轉機頭返航。沒飛多久便看到了一架「獠牙」戰鬥機正在與敵軍的「陣風」戰機展開激戰。她以為那架「獠牙」戰鬥機是楊大龍駕駛的，於是呼叫：「翼龍，我是黃雀，任務已經完成，撤！」

可是，夏小米並沒有得到回應。於是，她再次呼叫楊大龍，結果還是一樣。「難道那架『獠牙』戰鬥機不是楊大龍的嗎？」夏小米自言自語，心想，如果不是楊大龍，肯定就是歐陽山峰了。

「白頭翁，我是黃雀，聽到回答。」夏小米改換了電台的頻率。

「黃雀，我是白頭翁，任務完成了嗎？」很快，歐陽山峰便回應道。

「任務已經完成，快撤！」夏小米回應。

歐陽山峰不再與敵機纏鬥，突然掉轉機頭往回飛。敵機正在納悶，突然接到呼叫，這才得知己方的機場跑道已經被炸毀，這意味着他們將無法降落。敵機不敢再追，因為他們要節省燃油，這樣才能飛到更遠的備用機場去降落。

於是，歐陽山峰和夏小米駕駛戰機暢通無阻地向我軍的

空軍基地飛去。途中，夏小米問：「白頭翁，怎麼不見翼龍的戰機？」

「我也不知道啊！我追來的時候只看到兩架敵機，以為翼龍護送你去敵機的機場上空了。」歐陽山峰說。

夏小米的腦袋突然嗡了一聲，心想，楊大龍肯定出事了。她三番四次地呼叫楊大龍，卻從未得到回應。

「說不定，翼龍已經返回基地了。」歐陽山峰安慰道。

夏小米也只好這樣安慰自己。於是，她更加急迫地想回到基地。當歐陽山峰和夏小米駕駛戰機降落到空軍基地的時候，任飛行教官以及先到一步的帥克和關悅正在等他們。

「好樣的，這次任務完成得非常出色。」任飛行一見面就興高采烈地說，「剛剛得到步兵部隊楊團長的通報，敵軍已經被我軍擊退，且傷亡慘重。這其中，雄鷹小隊的功勞不可估量啊！」

「估計現在返航的敵機已經找不到降落的地方了。」關悅笑着說，「搞不好它們的燃油已經耗盡，正在一架架地往下掉呢！」

夏小米雖然也很高興，但她還在擔心楊大龍，於是問：「楊大龍回來了嗎？」

任教官、關悅和帥克都是一愣，反問道：「他不是和你們一起行動的嗎？」

夏小米眼前一黑，幸虧歐陽山峰扶了她一把，否則她非

暈倒不可。「楊大龍肯定出事了。」夏小米面色蒼白地說，「他為了掩護我，駕駛『獠牙』戰鬥機和三架敵機在空中搏鬥，而我返航的時候則沒有遇到他的戰機。」

任飛行緊張起來，疾步回到山體工事的指揮中心，開始呼叫楊大龍。他幾乎呼叫了上百次，但都沒有人應答。

「放心，楊大龍是你們當中飛行技術和戰鬥技能最好的，他不會有危險。」任飛行竭力安慰雄鷹小隊的其他人。

當然，雄鷹小隊的其他人也願意相信任飛行的話。不過，一連三天過去，雄鷹小隊的隊員沒有得到有關楊大龍的任何消息。

敵軍被擊退，邊境線恢復了往常的平靜。這場仗打得乾淨俐落，幾乎沒給敵人還手的機會。敵人知道自己的侵犯只能是以卵擊石，估計十年之內不敢輕舉妄動了。

一週後，步兵團接到命令，準備撤回駐地。雄鷹小隊也接到空軍的命令，要求他們返回飛行學院。

「我們不走！」夏小米固執地說，「楊大龍還沒有歸隊，我們不能拋棄戰友。」

「這是命令！」任飛行含着淚說，「雖然我也不能接受這個事實，但我必須得說，楊大龍駕駛的『獠牙』戰鬥機被擊落，而他生還的概率幾乎為零。」

「不，不可能！」關悅激動地說，「你不是說楊大龍是雄鷹小隊中飛行技術和戰鬥技能最出色的嗎？」

任飛行哽咽了，他不知道如何安慰這些少年。他們是楊大龍的隊友，朝夕相處的夥伴，是無法接受楊大龍已經犧牲的事實的。

「我們是軍人，軍人以服從命令為天職。」歐陽山峰打破沉默，「明天我們就按照上級的命令，返回飛行學院。」

第二天一早，步兵團的士兵們開始將一輛輛坦克、裝甲車和自行火炮開上軍列，然後進行捆綁加固。雄鷹小隊依舊和步兵團的官兵一起返回駐地。

中午時分，步兵團的裝備裝載完畢，官兵也登上列車。雄鷹小隊的少年們卻站在列車外，遲遲不肯進入。來的時候，雄鷹小隊是五個人，回去的時候卻變成了四個，他們心裏能不難受嗎？然而這就是戰爭，血淋淋的、殘酷的戰爭。

你之所以喜歡戰爭是因為它距離你很遠。影片中的炮火和硝煙會令人熱血沸騰，而現實中的槍林彈雨卻會令人恐懼，甚至是兩腿發軟。在戰爭中，生命變得那麼脆弱，那麼不堪一擊，那麼微不足道。

想到這裏，夏小米不禁流下了眼淚。「大龍，我們會想你的，永遠，永遠！」她已泣不成聲。

「快上車，列車馬上就要開了。」劉參謀長從車廂裏探出頭來喊。

雄鷹小隊的少年們不得不離開這個既陌生又熟悉的地方，這個拋灑過鮮紅熱血的地方。帥克第一個登上列車，正

準備往車廂裏走，突然，關悅驚喜地喊道：「等等，我好像收到楊大龍發來的求救信號了。」

這真是巨大的驚喜，帥克急忙從列車上跳了下來。別忘了，關悅曾經是少年特戰隊資訊情報員，最擅長的就是密碼破譯和情報獲取。楊大龍和她是昔日的隊友，所以二人之間有一種傳輸情報的特殊方法。

關悅的手中拿着一個微型定位儀，上面的指示燈不停地閃爍着。雖然她不敢肯定那是楊大龍發來的，但至少看到了希望。

「快上車！」劉參謀長又喊。

「我們不回去了。」帥克大聲回應，「我們要去救楊大龍。」

列車準時開動，而雄鷹小隊則留在了車站。他們將在關悅的帶領下，展開一場深入敵後的營救行動。

垂直起降飛機

夏小米駕駛轟炸機，投擲反跑道炸彈，將敵人的機場摧毀。飛機離開跑道便無法起飛和降落，必將對軍事行動產生重大的影響。不過，垂直起降飛機正處於大力研製和發展中。如果這種戰機大量裝備部隊，也許機場跑道存在的意義就不大了。

垂直起降飛機，顧名思義，就是不用在跑道上滑行便可以直接起飛和降落的飛機。曾經裝備部隊的垂直起降飛機包括英國的「鷂式」戰鬥機和蘇聯的雅克 −141。美國的 F22 和 F35 也具備短距離起降的能力。

轟炸機

手冊

在「二戰」題材的影片中，我們經常會看到一種會「下蛋」的軍用飛機，當然它們下的不是雞蛋，而是炸彈。一串串的炸彈從它們腹部的艙口中拋擲到地面，接着地面就像開了花，濃煙四起。這就是**轟炸機**，主要用於對地面、水面目標進行轟炸。轟炸機的航程比一般的作戰飛機要遠，載彈量大，突擊力強，肚子裏能夠裝載各種炸彈、航彈，還能掛載空對地導彈、巡航導彈等攻擊武器。在現代的局部戰爭中，轟炸機的作用是不可替代的，近些年的海灣戰爭、科索沃戰爭以及伊拉克戰爭都是通過狂轟亂炸，迫使敵人投降的。看來，要想對這位瘋狂的摧毀者說不，是一件很難的事情。

一、由「胖子」和「小男孩」往前看

　　提到轟炸機，人們還會聯想起兩個熟悉的名字：「胖子」和「小男孩」，它們是「二戰」後期美軍向日本的長崎和廣島投擲的兩顆原子彈。投擲這兩顆原子彈的飛機就是美軍著名的 B-29 轟炸機，它不僅向廣島、長崎投擲了兩顆原子彈，而且向東京投下了大批的燃燒彈，造成了著名的「李梅火攻」，致使十幾萬日本平民傷亡。所以將轟炸機稱為「瘋狂的摧毀者」是一點也不過分的，因為它破壞的不僅僅是軍事目標，往往還傷及大量無辜的平民。

　　轟炸機並不是一開始就可以投擲原子彈，進行精確打擊的。其實，在飛機用於軍事後不久，人們就開始用飛機轟炸地面目標了。1911 年 10 月，意大利和土耳其為爭奪北非利比亞的殖民利益而爆發戰爭。11 月 1 日，意大利的加沃蒂中尉駕駛一架奧匈帝國生產的「鴿式」單翼機向土耳其軍隊投擲了 4 枚重約 2 公斤的手榴彈。雖然這次行動沒有取得甚麼輝煌的戰果，但這是世界上第一次進行空中轟炸。在這一時期，轟炸任務都是由經過改裝的偵察機來執行的，炸彈或炮彈垂直懸掛在駕駛艙兩側，等飛機接近目標時，飛行員用手將炸彈取下向目標投去，這種原始的投彈方式命中精度當然不會高了。

美國 B-29 轟炸機

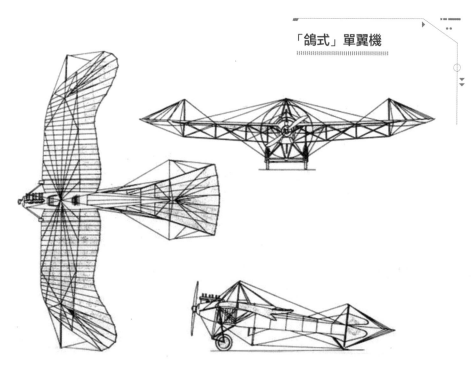

「鴿式」單翼機

1913 年 2 月 25 日，俄國人伊戈爾·西科爾斯基設計的世界上第一架專用的轟炸機首飛成功。這架命名為「伊里亞·穆梅茨」的轟炸機裝有 8 挺機槍，最多可載彈 800 公斤，機身內有炸彈艙，並首次採用電動投彈器、轟炸瞄準具、駕駛和領航儀錶。1914 年 12 月，俄國用「伊里亞·穆梅茨」組建了世界上第一支重型轟炸機部隊，於 1915 年 2 月 15 日首次空襲波蘭境內的德軍目標。第一次世界大戰期間，轟炸機得到迅速發展和廣泛使用。當時轟炸機的時速不到 200 公里，載彈量 1 噸左右，多為雙翼機。

雙翼機

二、由「胖子」和「小男孩」往後看

發展到「二戰」期間，轟炸機的典型代表就是投擲名為「胖子」和「小男孩」的原子彈的 B-29 轟炸機。這時的轟炸機有了很大的發展，一般有 4 台發動機的重型轟炸機可以載彈 8-9 噸，航程達 2,600-7,000 公里，可以執行更大規模、更遠距離的轟炸任務。

下面我們來看看「二戰」後轟炸機的發展情況，20 世紀 60 年代以後，各種制導武器層出不窮，轟炸機愈來愈易受到地面防空導彈的威脅，所以自衛能力差的輕型轟炸機已經不再發展。一種新型的轟炸機迅速發展起來，這就是殲擊轟炸機，它同時具備殲擊機和轟炸機的特點，既具有空戰搏擊能力，又具有地面轟炸能力。隨着殲擊轟炸機的航程愈來愈遠，載彈能力愈來愈強，它將執行更遠、更大規模的轟炸任務。

自從出現中、遠端導彈後，很多遠端的戰略打擊任務就交給導彈來完成了，所以戰略轟炸機的用場逐漸減少，地位明顯下降。20 世紀 70 年代以後，只有美、蘇兩國還在繼續研製遠端超音速轟炸機，如美國的 B-1 轟炸機和蘇聯的圖 -22M 轟炸機。其他的國家，如英國與法國都放棄了新型遠端戰略轟炸機的研製。可見，大型且昂貴的戰略轟炸機將會逐漸被中小型的機種與導彈所取代。

殲擊轟炸機

美國 B-1 轟炸機

目前，轟炸機發展的一個新趨勢就是無人化，除了降低操作成本，減少人員傷亡以外，縮小機體並且提高運動能力也是變革的重點。無人偵察機技術目前逐漸成熟，但是該機型還需要不少時間才能走向戰場。

三、轟炸機的種類

俗話說：「物以類聚，人以群分。」轟炸機也要根據各自的「喜好」找到自己應該歸屬的群類。目前，轟炸機的分類方法有很多，下面我們就一起來看看，究竟轟炸機是按甚麼標準劃分到一起的。

重型轟炸機

首先是按照「體形」分類。人有個頭大小之分，轟炸機也是如此。體形最大的被稱為「重型轟炸機」，它的載彈量一般在 10 噸以上，擁有 4 台以上的發動機；體形適中的是「中型轟炸機」，它的載彈量一般在 5-10 噸，擁有 2 台或 3 台發動機；當然體形最小的就是「輕型轟炸機」了，它的載彈量一般為 3-5 噸，只有 1 台發動機。

　　其次，根據轟炸機執行的任務不同，可以把轟炸機分為「戰略轟炸機」和「戰術轟炸機」。戰略轟炸機，顧名思義，它執行的是影響全域的大型轟炸任務，而且是航程比較遠的，所以體形比較大，以攜帶足夠的炸彈和燃料。戰略轟炸機的典型代表有美國的 B-52、B-2 戰略轟炸機；法國的「幻影」IV；蘇聯的圖 -22M 轟炸機、圖 -95 和圖 -160「海盜旗」戰略轟炸機。戰術轟炸機與戰略轟炸機相對應，它執行任務的規模一般比較小，航程也比較近，對戰爭全域的影響有限，它的體形也相對較小。

　　此外，轟炸機還可以按照航程的遠近進行分類。航程在 3 萬公里以下的稱為近程轟炸機，航程在 3-8 萬公里的稱為中程轟炸機，航程在 8 萬公里以上的稱為遠端轟炸機。

美國 B-2 戰略轟炸機